U0589129

中国文学名家小小说精选丛书

三奶奶的小木船

吴建　著

南　昌

图书在版编目（CIP）数据

三奶奶的小木船 / 吴建著 . -- 南昌 : 江西高校出版社 , 2025. 6. -- (中国文学名家小小说精选丛书).
ISBN 978-7-5762-5578-2

Ⅰ . I247.82

中国国家版本馆 CIP 数据核字第 20249FJ960 号

责任编辑　刘丽英
装帧设计　夏梓郡

出版发行　江西高校出版社
社　　址　江西省南昌市新建区工业二路 508 号
邮政编码　330100
总编室电话　0791-88504319
销售电话　0791-88505090
网　　址　www. juacp. com
印　　刷　鸿鹄（唐山）印务有限公司
经　　销　全国新华书店
开　　本　650 mm×920 mm　1/16
印　　张　13
字　　数　160 千字
版　　次　2025 年 6 月第 1 版
印　　次　2025 年 6 月第 1 次印刷
书　　号　ISBN 978-7-5762-5578-2
定　　价　58.00 元

赣版权登字 -07-2024-963

序

我的家乡三面环山，一面傍水。山叫云龙山，水叫古薛河。这里是一个山环水绕的好地方。古薛河的北岸古时屹立着一座千年古城，即小郲国的国都，今叫小郲国故城。在有着三千多年历史的小郲国国土上，古薛河蜿蜒而过。

巍巍云龙山，茫茫古薛河，浩渺烟波中的小郲国，伏羲故里，先师鲁班，先圣墨子，栗氏割肉救母，玉泉宫记龟驼碑，古天主教堂，歪脖子老槐树，过街楼，吴门里，古炮楼……千百年的历史长河中孕育了多少个鲜为人知的故事，古代的，现代的，名人的，布衣的，山贼的，流寇的……一个个，一桩桩，一件件，冲击着我的心灵，叩开了我的思绪，于是我便欣然铺纸提笔，于是一个个动人的故事就从我的笔端流了出来。

年关的时候，听一个老人说，他的邻居老两口去海南旅游去了。一个提醒，结合我以前写过的一篇小小说，经过深加工，于是小小说《三奶奶的小木船》便新鲜出炉了。

《小说选刊》副主编李晓东在《2019“善德武陵杯”全国微小说精品集》序二“优秀微小说的若干特征”中说：“在吴建的《三奶奶的小木船》中，两位行将就木的老人，其被外人不可理解的举动，却带出了一段进军海南岛，解放全中国的历史大事，以及数十年不曾改变的纯真爱情、真挚的战友情。作品读来让人仿佛又回到了数十年前烽火连天的岁月。而小木船载着老布鞋顺流而下的意向，牵引着读者的思绪和心情，久久不能平静。”

老家的后面有一户人家，这户人家老辈都是富户，非常气派的大门楼两边镶着两块雕花雕兽的座石，于是我写出了《天价座石》，牵出了一个动人的知恩图报的故事，塑造了三爷和狗娃两个的人物形象。

每年农历的十月初一，我们这里有一个给故去的亲人上坟烧纸的习俗。一天，有两个姊妹来我店里买东西，说去年给爹上坟，摆上的祭品水果点心什么的，第二天都被别人偷走了。我经过认真构思，一个善良的贼的形象便跃然纸上，《抓贼》写成了。

因长期生活在乡村，对乡村里的人人事事的了解就多些。《换脑细胞的村长》采用了独特的写法，写出了一个村长脑子得了毛病，换脑细胞的全过程。读了令人啼笑皆非。

《天眼》写了一个极其负责任的老父亲，去世了还管理着儿子的故事……老父亲对儿子的良苦用心感动着读者的心。可怜天下父母心，向老父亲致敬！

我居住的乡村里到处都是故事。老农挥动的锄头里藏着故事，老太太烧锅的炊烟里冒着故事，电影场里有故事，玉米地里也有故事……甚至每一片草叶都在述说着一个故事，每一棵古树都有一个传奇。这些素材有看到的，有听到的，有真实的故事，也有乡野的传说。身边的人人事事纷杂多样，点点滴滴都让我感动着思考着，夜深人静的时候这些素材就从我的笔端流出了新的故事。

那些陌生的变成了熟悉，那些熟悉的又变成了陌生。这些熟悉和陌生的故事便顺着古老的薛河水啦哗啦哗地流到了山外，最后汇集成了小小说集《三奶奶的小木船》。

《三奶奶的小木船》是一桌丰盛的小小说大宴，里面收录了我近年来的六十余篇小小说精品之作。这些作品贴近现实，构思精巧，以小见大，意蕴丰赡，语言质朴，风格幽默。

这些作品，题材广泛，内容丰富：有仕途的扫描，有商圈的纠葛，有职场的风云，有市井细民的写真，有红尘男女的情仇，有乡野轶事的描写，有人生世态的炎凉，有人间亲情的温暖……生动地再现了芸芸众生的真实存在与生存之道。

这些作品，催人奋进，令人沉思，给人以人生的启迪，传递奋发向上的正能量力量。

2024 年 11 月

CONTENTS

目　录

三奶奶的小木船

三奶奶推着坐在轮椅上的木头在遛弯儿："木头，咱们这辈子还能去南海看看不？"木头知道三奶奶"去南海看看"的意思，就拍了一下自己的腿，叹了一口气："哎！都是我，拖累你了！"三奶奶的眼圈有些发红，苦笑了一下："算了吧，咱都老了，走不动了，听说去南海先坐飞机再坐轮船，千里遥远的，这辈子想想就算去了。"

三奶奶两个人一块儿过，大门上挂着"烈属"的红牌牌。这个红牌牌让三奶奶脸上荣光了一生，也心痛了一生。

没过几天，三奶奶问木头："木头，快告诉我，咱们薛河的水是不是流向西湖的？"

"是呀。"

"西湖水是不是流向东海呢？"

"对呀。"木头弄不明白三奶奶问这些做什么。

三奶奶又说："那东海的水一定是通南海的，对不？"

木头愣了一下，说："是呀，还别说你知道得还真不少呢。"

听木头说是，三奶奶昏花的老眼瞬间亮了。

过了些日子，三奶奶又对木头说："木头，咱们找人做一只小木船吧？”

木头不明白地看着三奶奶：“你做小木船干啥？不当吃又不当喝的。”

“我看见有人把河灯放在小木船上，河灯就不会下沉，顺着河水往下漂。听说能漂很远很远，挺好玩的。”

木头心里想，你都几个点了（多大年纪了），还放河灯？怪不得有人说老人是“老顽童”“老小孩”，看来这话说得一点也不假。

几天后，三奶奶拿回家一只小木船，像拿个宝贝一样欣喜地反和正地看。

夏季的一天，山洪暴发，薛河涨水了。三奶奶踮着小脚推着坐在轮椅上的木头急急地出了门：“快，木头，咱们走。”三奶奶把小木船放在轮椅后面，她自己背着一个布包，“木头，走，咱们下河去。”三奶奶推着木头到了河边。

河水暴涨，黄龙一样滚滚向西。三奶奶把那个布包层层打开，里面是一双发了黄的老布鞋，就是那种手工的，千缝百纳能踢死牛的老布鞋。木头一惊，突然明白了三奶奶要做什么了。

三奶奶小心翼翼地把老布鞋放入小木船里，再用绳子固定好，然后把小木船缓缓地推进了河里，那只载着老布鞋的小木船就顺着浪涛向下漂去。三奶奶看着越漂越远的小木船，松了一口气："好了，这下老三就能穿上我做的鞋了。”

那只小木船越漂越远，三奶奶的心也好像跟着小木船漂走了：“老三啊……六十七年了呀，我一直想给你送这双老布鞋……去南海太远了。再说，木头这个样子，一会儿也不能离人，我没办法呀……晚上我只要一合眼，就看到你光着脚丫子在大海里……我和木头也没有多少日子了，就要去见你了……”原来，三奶奶心里一直隐藏着一个故事，三奶奶的故事只有木头知道。

六十七年前，三奶奶过门才三天，三爷的部队就接到了攻打海南岛的命令。三爷脱掉脚上结婚的新布鞋，又穿上那双露着脚指头的烂布鞋就要走。那双新布鞋是结婚时借对门二蛋的。三奶奶一把拉住了三爷："急啥呀？"三奶奶也顾不上脸面了，央求婆婆去东家借鞋布，西家借鞋底，点灯熬油整宿没睡觉，也只赶出来一只，另一只才刚起头儿，三爷就穿着那双露着脚指头的旧布鞋跟着部队走了。三爷走时对三奶奶说："媳妇，慢慢做，等我打完海南岛回来再穿也不晚。"谁知三爷这一去就没能回来。

后来，三爷的连长回来了，连长是拄着一双拐杖回来的。连长握着三奶奶手说："他是个英雄，没有他就没有敢死队！"连长说着从一个小箱子里拿出一只老布鞋，那是一只露着脚趾头的褪了色的旧布鞋。连长双手托着，像托着一枚军功章，给三奶奶……原来，三爷带着敢死队强渡琼州海峡时英勇地牺牲了。连长只抢回了三爷的一只飘在海水中的鞋子。连长没走，三爷的声音一直在连长的心头炸响："如果我光荣了，请你照顾好我的女人！"

木头就是那个连长。

望着越来越远的小木船，木头忽然缓缓地抬起右手，向小木船和那双老布鞋敬了一个标准的军礼！

◀ 环湖路上的粉笔画

那天，我在环湖路上散步，看到前边拐弯处有一片花花绿绿的东西。近前一看，原来是一幅粉笔画。

画面上，左边是一个低矮的农家院，院子里长着一株花。右边是两层的楼房，楼房的门上歪歪扭扭地写着：幸福小区 56 号。楼前同样歪歪扭扭地写着：妈妈我爱你！这是哪个调皮的孩子把公路当成画板了？这多危险呀。我用手机拍下了这幅画。

没想到，几个月以后，在那个拐弯处，我又见到了一幅画。一看画就知道出自同一人之手。还是那个农家院，还是那个两层楼房。不同的是农家院里的那株花没有了，那株花长在了楼房的前边。“妈妈我爱你”这几个字也变得方正多了。字的旁边还画着一张奖状。奖状上面写着：王子寒同学……被评为三好学生……从这张奖状可以看出，这幅画的作者是一个一年级的小学生……这个一年级的小学生在这里画这幅画，他想干什么呢？带着这个疑问，我又用手机拍下了这幅画。

以后的日子里，我天天来这里散步，即便是刮风下雨也从不间断，我希望能见到那个画画的孩子。可是我坚持了好久，连孩子的影子也没见到。

一天我又去散步，看到那个拐弯处围了一圈子人，在嘁嘁喳喳地议论着什么。我的心一紧，不会又是那幅画吧？我走近一看，果真又是那幅画。还是那个农家院，还是那个两层楼房……不同的是，画上又画了一只手。这是一只只有一个大拇指的手，手的上面画了一把刀。那只手上写着“爸爸”。这到底发生了什么事呢？我有些紧张。忙用手机又拍了下来。

以后的日子里，我每天都去那儿散步，希望有新的发现。

可是我失望了。那幅画再也没有出现。

一天，我去开家长会。我去得早了些。坐在我前边的一个男人让我一愣。我看到，这个男人的右手只有一个大拇指。其余的四个手指哪去了？这使我突然想到了粉笔画上的那只手。这难道是巧合吗？

我把我手里的圆珠笔悄悄地丢到了他的凳子下面，然后凑上去说：“大哥，你的笔掉地上了。”他听了，一转身。我忙拾起递给他。

“谢谢你，这不是我的。”他用右手下意识地挡了一下。我趁机问：“大哥，你的手怎么了？”他笑了一下，说：“刀剁的。”

“谁给你剁的？这得多大的仇呀？”

“我自己剁的。”他又笑笑。

我一惊：“为什么？你对自己怎么还这么狠？”

他咬咬牙说：“因为我好赌，把家都赌光了。我把手剁了，以后就不能赌了。”

我趁机拿出手机，翻出手机里的照片给他看。

他看了，说：“这都是我女儿画的！”

我一下子来了精神，忙说：“大哥，你能给我拉一拉你女儿为啥画这些画吗？”

“好。”他很爽快。他指着第一幅画说，“因为我好赌，输光了家里的一切，只剩下三间老屋和院子了。院子里有一株美人蕉，那是我老婆栽种的。也是我老婆最喜欢的花。老婆在我身上看不到什么希望，一气之下，就扔下我和刚满六岁的女儿走了，连微信和手机号都换了，再也联系不上了。后来，湖区搬迁，我家的老屋被拆了，开发商补给我一套楼房。有人对我女儿说，你妈妈去新城上班，天天从这条环湖路上过。我女儿听说后，高兴坏了，放了学就去那条路上去等妈妈。可等了很久也没等到。我女儿聪明，手也巧，她喜欢画画。”他指着教室后墙上的黑板报说，“你看，这些都是我女儿画的。”

“那天，她在环湖路上画了粉笔画后，回来对我说，她要告诉妈妈，我们已经搬进了新家，住上了楼房了。”

“这孩子真聪明！”

“没想到，几天后，一个女人给我女儿捎来了一大包好吃的。她说是我老婆买的。她们是工友。我女儿好高兴。她知道妈妈看到她的粉笔画了。”

“那第二幅呢？”

“第二幅画是女儿想告诉妈妈，妈妈最喜欢的美人蕉被爸爸移栽在新家里了。期中考试，她被评为‘三好学生’了。”

“几天后，我老婆又让那个女工友捎来了一身漂亮的连衣裙，说是奖给孩子的。我女儿高兴得一连几天又唱又跳……可我老婆还是没有回来的意思。”

“那第三幅呢？”

刚提到第三幅画，他一个大男人，眨巴眨巴眼，泪流下来了。我急了，我可能触到了他的痛处。他流着泪说：“第三幅画，我女儿是想告诉妈妈，爸爸戒了赌，要重新做人了……看到这幅画后，我老婆就骑着自行车回来了……可半道上却遭了车祸。医院里，我和女儿，还有我老婆的那个女工友守在她的病床前。车祸很严重，医院已经下了病危通知书。清醒那会儿，我老婆对她的女工友说：‘荷花，其时振兴（我的名）戒了赌是个好男人……如果你不嫌弃……就请你帮我照顾他们爷儿俩吧……’——荷花是个离婚的女人。”

◀ 我要做你家的保姆

国强娘得了半身不遂，站不起来了。这下国强来麻烦了，啥也干不成了，急得国强直转圈子。

国强找来一些木料，用钢尺量了尺寸，用锯子锯了，拿钉子钉了个轮椅架子，再安上四个轮子，给娘做了一个简易的轮椅。这样，娘坐上轮椅，国强推着她就能出去晒晒太阳了。

那天，国强正在给娘喂饭，忽然听到“咚咚咚”几声轻轻地敲门声，国强放下碗筷，过去开了门。进来一个女人，手里提着一包点心。国强一愣：“你——你怎么来了？”

“我来你这里看看老人家，我想做你家的保姆，你看行吗？”来的这个女人叫杏花，国强认识。

国强听了，一惊，然后定定地看着杏花的脸，摇了摇头：“不行，你不行。”

“为什么？我在这里，你还不放心吗？”杏花随手把点心放在桌子上，帮老人理了理乱发，然后看着国强的脸，等着国强回话。

“不，不是。”国强嗫嚅着。

“那为什么？我保证把老人家照顾好。保证让你满意，还不行吗？”杏花看着国强的眼。

“我说不行就不行！”国强背过脸去，他不敢看杏花的眼，咬咬牙，下了逐客令：“你赶快回去吧！”杏花愣了愣，悻悻地走了。她知道国强的脾气。

国强没有想到，第二天杏花又来了。

第二天一大早，杏花带着一脸倦容进了门，进门就对国强说：“昨天夜里我一眨眼也没眨眼，我考虑了整整一夜，我还是要做你家的保姆。不知你考虑得怎么样了？”

“不行，真的不行。你就是考虑了十夜也不行。”国强的话掉地上能砸个坑儿，他不想让杏花再多说一个字。

“别害怕，我不要你的工钱。”国强越是不让杏花说，杏花越要说。

“那也不行。这不是工钱的事。”国强停了一下，又说，“你家里有孩子，有地，有猪有羊，还有鸡鸭鹅。还有一个八十多岁的老娘。还有……”国强憋出了一大堆理由。

“我可以两头跑嘛，只要你同意，这都不是个事。”杏花说话掉地上也能砸个坑儿。

“不行不行，一天两天行，时间长了你受不了，这样对你太不公平了。”国强打断了杏花的话。

“这点苦对我来说没什么，我只要你说声行就成。余下的事都不用你问了。”

“不行，这样不合适！”国强又打断了杏花的话，“你还是赶快回去吧！”国强又下了逐客令。杏花跺一跺脚，又悻悻地走了。

国强没有想到，第三天杏花又来了。这次杏花不光来了，身后还拉来了一辆架子车，架子车上放着铺盖枕头什么的。

“你，你这是做什么？”国强愣愣地看着杏花还有杏花身后的架子车。

“我想让老人家住我家里，和我娘做个伴儿。以前我听你说老人家晕车，坐我这个架子车老人是不会晕车的。”杏花抬手抹了一把额头上的汗，然后看着国强的眼：“你娘就是我娘！”

“这，这不合适吧。”国强嗫嚅着，看着杏花的眼，“这样不合适，不能这样。你还是回去吧。”

“有啥不合适的？你不要想太多。”杏花心里说，我看商量不如强量。杏花说着就去抱国强娘。

“你这个人，真是……哎——”国强又打断了杏花的话，叹了一口气。

“来搭把搭把手，你掩一下。”

两个人把老人家弄到了架子车上。杏花给老人盖好被子，俯下身对老人说：“大娘，您躺好了。咱们走。”

崎崎岖岖的山道上行走着一辆架子车。杏花在前面拉着，国强在后面推着……车轮子轧在山道的石子上，蹦出老远。

靠山屯小学校的房前屋后、校门前的操场上，暑假里长出来的野草早已被孩子们清理得干干净净。

校门前，十二个孩子整装列队，齐刷刷地站着。看到他们来了，孩子们高兴地欢呼，直拍手掌：“欢迎王老师归来！欢迎王老师归来！”

国强是靠山屯村小学校唯一的一名教师。杏花是靠山屯村的村长。

◀ 您的儿子在值班

三田爹正在院子里劈木柴，他劈几下就坐板凳上喘口气儿，喘半天站起来再劈。今年夏天特别热，在河水里泡澡的三田爹当时就想，今年冬天肯定冷。夏天越热冬天就越冷，这是老辈人多年的经验。这不，秋天还没过完，三田爹就开始准备冬天取暖的木柴了。

三田爹劈了一会儿木柴，就觉得腰酸得厉害。他丢了斧头，手变拳头，砰砰捶了几下后腰，这才慢慢直起腰来。唉！这年龄真是不饶人啊！往年三田在的时候，家里的大活小活三田歇个星期天就全包了，哪还用得着他干。唉！三田爹叹一口气。心里就阵阵地发酸，往事像过电影一样，在他的眼前唰唰地过着。止不住的泪水不由得就顺着他脸上的沟沟壑壑滑落下来，啪嗒啪嗒地落在他跟前的木柴堆上。

三田在城里的银行里做安保工作。半年前，他负责押运的运钞车在半路上被一伙持枪歹徒堵截了……在与歹徒的激烈搏斗中，穷凶极恶的歹徒向三田开了枪，三田壮烈牺牲了……

“大伯在家吗？”随着一声喊，大门吱的一声被推开了。三田爹慌忙拿袖子拧了一把脸上的泪水。他怕被人看见不好。

“大伯！”来人是三田上班单位里的领导。前段时间已经来过两次了。

三田爹起身要拿板凳给领导让座。领导轻轻按下三田爹的肩膀，说：“大伯您坐！您坐！我来帮您劈木柴。”

“不行不行，这可不行。这活太脏！你不能干。”三田爹拉着领导的手不让他干，“哪能呢，一来就给我帮忙干活……这可不行，这可不行。”

“大伯，您老不用客气。我老家也是农村的。没那么娇贵。现在我的爹娘都住在乡下。碰到星期天或者歇班什么的，我就回去帮着爹娘干些农活。家里的地里的活我可没少干呢。”领导说着话拿起斧头，咔咔地劈起木柴来。领导边劈木柴边和三田爹拉呱儿。

“……大伯，三田是为了国家牺牲的，他是英雄。他是我们单位的骄傲。他为我们单位挣了光。您老也这么大年纪了，也干不了重活了……”只一会儿，领导就给三田爹劈了一大堆木柴。领导劈完木柴，这才自己拿个板凳，挨着三田爹坐下来。接着，领导从手提包里拿出一张银行卡，放在三田爹的手里，说：“大伯，这是我们公司的一点心意。这些钱足够您老安度晚年的。”

三田爹把银行卡递给领导。领导又推让了几回，三田爹就是不收。三田爹说：“你们领导的心意俺领了，这个银行卡说什么俺也不能收。”三田爹就认他的老理儿：“当年打小鬼子那时候，俺爹给八路军抬担架，被鬼子的炸弹震聋了耳朵，还负了重伤。

俺爹到死也没向国家要一分钱。今儿俺三田为国家牺牲了，是俺家的光荣。往后俺三田不上班了，俺也不能白拿国家的钱……”看三田爹把话都说到这个份上了，领导也没办法了。

一个月以后，那个领导又拿着个手提包来了。领导进了门，喊了一声大伯。还没等三田爹给他让座，领导就先拿个板凳给三田爹：“大伯，您老先坐。”接着领导又拿一个板凳自己坐下了。领导坐下后，拉开手提包，从手提包里拿出了一沓子钱，放在桌子上。三田爹瞟了一眼，心里说，你说啥我也不要。领导说：“大伯，这是三田同志上个月的工资，算上加班一共八千八百块。请您老收下。”

“啥？——”三田爹瞪着一双昏花的老眼惊奇地看着领导，“不可能，这不可能！你说啥俺也不信。这些钱俺不能要！”三田爹把桌上的钱又拿给领导。

“大伯，我真的没骗您。现在的三田同志天天都在我们单位里值班。不信，请您老跟着我的车子去银行里看看。”

“我说领导，你这不是骗三岁的孩子吗。你说啥我也不要这个钱。”

“真的大伯，我真的没骗你，三田同志真的在上班呢。”

“这可真邪门了！我这就跟你去看看。”三田爹上了领导的车子，他要去看看真假。

一个小时以后，三田爹跟着领导的车子到了银行里。一进大门，三田爹愣住了。三田爹的眼泪一下子就下来了。泪眼模糊中，三田爹看到，三田的巨幅雕像正站在公司大门里站岗执勤呢……

奇葩的遗传

根叔闷着头，在院子里来回踱着步子。这些天他有些想不开，人们不是常说，谁家的孩子随（像）谁家吗。他的孙子李希咋一点也不随他这一家人呢？前些天他安排好的“眼线”昨天又打来电话了，他接完电话，气得一气拨了一个令人生畏的电话。但根叔思来想去，最终还是没按发射键。这可是个要命的电话呀！多少人因为这个电话被传被查，多少人因为这个电话锒铛入狱。根叔想不通，难道这个李希不是他李家的种？人们常说的叫什么“基因遗传”，他咋没遗传一点李家的基因呢？根叔突然想起一个人来——那个和自己的儿子一起出车祸的刘黑子。李希倒是有几分像他，为人处世、方方面面更像他。根叔想不明白，自己的孙子学谁不好，为啥学那个刘黑子呢？

刘黑子和根叔的儿子李南在一个单位里上班。都是局长。这小子从小手脚就不干净，当了局长以后，胆子就更大了，什么东西都敢往手里捞。要不是头天他出车祸死了，第二天上头就要把他带走了。

根叔在村里当了三十八年书记，没拿过公家的一针一线。村人拿他当父母，他拿村人当爹娘。最后退都退不下来，百姓都跪着不让他退呢！

儿子李南当上了局长，时刻记着爹的话，国家给咱权力，不是让咱乱用的，咱要拿好心中这杆秤。李南干了几年局长，没车，城里没房，回家挤公交车。乡下老家只有他结婚时爹给他盖的三间平房。

孙子李希可就不一样了。李希聪明，大学毕业考上了公务员，没几年就当上了局长。又没几年，车子有了，房子也有了。该有的不该有的，他都有了。

那天，李希搬新家，亲朋好友都来给他“温锅”。根叔也来了。根叔看着孙子富丽堂皇的新家，一点也高兴不起来。他把李希拉到一边，黑着脸问：“说，哪里来的钱？”

李希笑了，这一笑更像那个刘黑子了。在老家，刘黑子的家和根叔家住对门。根叔是看着刘黑子长大的。李希说：“爷爷，我一没偷二没抢。我总不能和我爸一样吧。我爸白当了几年局长，要啥没啥。”李希压低声音说，“现在是有权不用，过期作废呀！只要不犯法就行。爷爷，你老人家别想不开。现在是啥年代了，隔年的黄历看不得，你不能用老眼光来看新问题了。”

“你，你……”根叔指着李希，火一下子上来了，“你怕是要犯罪了……”根叔没给李希“温锅”，他一气之下回了乡下。

后来，根叔就在李希的小区安了“眼线”，他交代“眼线”，发现情况，及时给他打电话。“眼线”是根叔老战友的儿子，在小区门口当保安。

今天是“眼线”给他打的第八个电话了，“眼线”说：“今天李希家又有人来送礼了。”

根叔就给李希打电话。李希接电话时总说，朋友们只是过来拉拉呱儿。谁还没个三朋四友的，朋友之间你来我往的，正常嘛。没有什么。根叔知道他是不会承认的。

根叔觉得不能让李希再往泥潭里走了。他咬了咬牙，拨通了那个可怕的电话。当天，李希就被上头从家里带走了。根叔的一颗悬着的心总算落了地，但他又觉得心里空落落地，脑子里一片空白。

那天夜里，儿子李南托梦给他，说，那天李南和刘黑子坐一辆车同遭车祸，都死了。可巧李南的妻子和刘黑子的妻子都怀了个大头儿子，不久就要生产。鬼使神差，李南就投胎做了刘黑子的儿子，后来取名叫刘清。刘黑子就投胎做了李南的儿子，取名叫李希……

醒来后根叔的头像要爆炸一样，难受地拿手直捶头：“我的天哪！怎么会这样呢？儿子投错了呀！投谁家也不能投那个贪官家呀！”

根叔突然明白了，怪不得这李希像刘黑子呢。根叔觉得自己的电话又打对了。转念一想，这也太巧了吧。没出事前，儿子李南和刘黑子同在一个单位，都是局长。这回李希和刘清也同在一个单位，也都是局长。早就听说刘清干得不错，是个好官。没想到……根叔心里一阵高兴。

第二天，根叔就骑上他的老掉牙的“大金鹿”自行车去了刘清家。正巧是周末，刘清在家。一进家门，根叔的眼就落在了刘清的那张脸上。根叔的眼定定地在刘清的脸上足足看了有五分钟，把刘清看得还有些不好意思了。刘清心想，这个老头子今天是怎么了？（本来就认识）我脸上也没有什么呀。根叔也觉得自己有些失态了。根叔心里想，你可别说，这刘清还真有几分像自己的儿子李南呢。根叔就对刘清说：“孩子，你干得不错！千万不要学李希，他是遗传的呀！”不知怎么的，根叔竟说出了这样的话。说得刘清一脸茫然。

根叔本来是不相信什么“托生”“投胎”之类的，但从李希和刘清身上，他又有些糊涂了。但有一点，他把李希送进去，他觉得是对的。

女　匪

杏儿一手拿着枪，一手拿着望远镜观察他们好大一会儿了。在龙山，杏儿是主人。别说来了他们十几个八路军，就是飞进山林里一只小鸟，也休想逃出杏儿的眼睛。

自从日寇侵占郓城以来，杏儿的心就没平静过。杏儿没吃过一顿好饭，也没睡过一个好觉。山下的弟兄们上山来都是奔着她来的，他们的命都握在她的手心里了。这龙山离郓城太近了，狗日的日本鬼子不知啥时候说到就到。这些狗娘养的怎么会允许杏儿他们在眼皮子底下占山为王呢。

山林里，八路军战士们都在休息。他们有的坐着，有的躺着，还有的半坐半躺着。几个女兵在低声唱："我们都是神枪手，每一颗子弹消灭一个敌人……"兵们无论啥姿势，手中都紧握着枪。不远处，有几个士兵在机警地放哨。

忽然，一声口哨响，士兵们即刻弹跳起身，立刻进入战斗状态。杏儿从望远镜里看到，不远处，一大队日军正猫着腰，端着枪，枪上晃着明晃晃的刺刀，向八路军围过来。"狗日的鬼子，果然来了！”杏儿在心里骂了一句。这时，一个喽啰急匆匆低声来报：“报告大当家的，寨门口的旁边放了一个婴儿。”

“谁放的？”杏儿急问。

“不知道。没有别人来，应该是八路放的。”

“快把孩子抱进去！好好看护！”

“是。”

不一会儿，树林里枪声大作。八路和鬼子刀对刀枪对枪地打起来，战斗异常激烈。

早就听说八路专打小鬼子，杏儿还有些不相信。这回见到真的了。只是这支八路的人数太少，好像才刚经历过一场残酷的战斗，身上到处是血迹，衣服都是破的。他们才刚休整了一会儿，不想狡猾的小鬼子又咬着他们的屁股追上来了。

“小鬼子，遇到老娘你们这是找死！弟兄们，操家伙！跟我上！杀鬼子！冲！”杏儿喊叫着冲上去。

杏儿带着弟兄们凭着熟悉的地形，和鬼子一阵激烈地厮杀，最后全歼日军。杏儿和弟兄们打扫战场时，发现只有一个女八路还有一口气。其他的八路都牺牲了。这个女八路躺在地上，满身是血，看到杏儿，女八路费力地对杏儿说：“妹妹，谢谢……谢谢你们了！……我的孩子，就……就拜托你了……”女八路又吃力地动了动手。杏儿看到，女八路的手中握着一杆被打烂的军旗。女八路看着杏儿，满眼的期待。她嘴唇动了动，说不出话来了。

杏儿立马领悟了女八路的意思，他躬身从女八路的手中拿起那面破烂的军旗，军旗立马猎猎飘扬。杏儿只感到浑身发热。她把军旗交给二当家，然后两手一抱拳向女八路深鞠一躬，说："大姐，请放心。只要我在！军旗就在！只要我在，部队就在！你们的路我会接着走下去！杀鬼子！——"

女八路笑了，然后头一歪，牺牲了。很安详地闭上了眼睛。

在龙山的向阳坡，杏儿和他的弟兄们厚葬了这些八路军战士。下葬时，枪炮齐鸣，山林呜咽。

没过几天，鬼子集结了一千多人，包围了龙山，直逼杏儿的山寨。可是，杏儿和她的弟兄们早已撤得无影无踪了。鬼子扑了个空，气得哇啦哇啦地爆叫。

后来，龙山上出现了一支八路军游击队，他们钻密林，宿山岗，高举着那面被打烂的军旗。他们端炮楼、打据点、截粮车、炸军火库……打得鬼子哭爹叫娘。为首的就是杏儿，杏儿的队伍没有番号，但是人们都知道他们是"龙山抗日游击队"，专打小鬼子和汉奸。

几十年后的一天，一个瘸腿老太太被一群年轻人五花大绑着，推搡着，揪上了批斗台。老太太的头上扣着一顶白色的尖尖的帽子，脖子上挂着一个白色的牌子，白牌子上歪歪扭扭地写着两个字"女匪"。一群年轻人像打了鸡血一样，瞪着血红的眼，振臂高呼着口号："打倒……"为首的年轻人名叫李二黑子，是个出了名的造反派头子。李二黑子咬着牙揪着老太太花白的头发，挥拳就要打。

"兔崽子，快住手！"台下一声断喝。

李二黑子一回头，突然叫了一声："娘？你来干什么？"

“小兔崽子，谁让你们这么干的！反了你了是不？”李二黑子娘气得脸发紫浑身哆嗦，上去照准李二黑子的脸，啪地就是一巴掌，打得李二黑子两眼直冒金花。“当年是她收养了我，救了我的命。那年，鬼子要血洗村子，又是她带着游击队消灭了鬼子。那次战斗，她被打断了腿……没有她就没有我，没有她就没有乡亲们的今天呀！他就是杏儿！”李二黑子娘哆嗦着手指着台上的老太太。

“没有杏儿，就没有你们这些兔崽子们的爹娘，没有你们的爹娘哪里来的你们？”李二黑子娘哆嗦着手指着这些造反派们。

“你们不是从石头缝里蹦出来的，你们的生命也是杏儿给的！你们知道吗？”李二黑子娘越说越激动。

“畜生，你们都是畜生！你们知道什么呀！”李二黑子娘大吼一声，“赶快都给杏儿跪下！”

李二黑子带头，唰的一声，所有的造反派们都齐刷刷地跪倒一片。

人们看到，有泪从老太太的脸上滚落下来。

哑巴的石头画

傍黑的时候，村口的路灯亮了。

累了一天的村人吃了晚饭，抹着嘴，剔着牙，三三两两地都从家里晃出来了。拿着板凳的，提着马扎子的，牵着孩子的，拄着拐棍的……

村口的老槐树下是个聚处，每晚大伙儿都在这儿聚集。拉大官话朝廷，东家长西家短，吹大牛胡大侃……这已是村人多年养成的习惯了。

此时，村里的一撮毛抓住了场子。只见他唾沫星子横飞，双手比画着，说："这个哑巴不学好了，他天天跟踪小女学生，我亲眼见的。大伙都想想看，他要干啥呢？"

一撮毛的话像捅开了马蜂窝，大伙都瞪大了眼。有人说："看他那个老实样子，三扁担也拍不出个响屁来。怎么是这种人呢？"

"老实个屁，老实老实肚里有牙！他是装的。"一撮毛狠得咬着牙。

"这个哑巴要作死呀！"

……

大伙儿你一句我一句，像开批斗会。

哑巴不是本地人，至于是哪里人，谁也不知道。村人只记得当年他在附近的村子里，走街串户地要饭。若是看见谁家的鸡鸭鹅什么的溜达出了院子，他会啊啊地帮人家赶回家去。这时，若被主人看见了，便会多给他一些煎饼什么的。他接过主人给的东西的时候，还会轻微地弯下腰，给主人鞠一躬。然后手掌上举，给主人敬个礼。算是感谢。后来，一个下大雪的夜晚，哑巴病倒在村子里的莲花石的旁边。那晚，老村长巡夜时发现了哑巴，看他又聋又哑，怪可怜的，就背上他，送进了二狗的诊所里，给他打了针吃了药。等哑巴病好了，老村长就收留了他。大伙你拿砖我拿瓦，有钱的出钱，没钱的出力，又给哑巴盖了房子。老村长还给哑巴分了地，这样哑巴就在村里安家了。

听一撮毛这一说，大伙都很生气，大伙就想，咱们该不会养了一条白眼狼了吧？

过了几天，一撮毛又气愤地说："哑巴这个王八蛋真不是个好东西。"一撮毛边说边瞅着大伙儿的脸，一对眼珠子滴溜溜地转，"昨天哑巴把傻二妮拉进了玉米地里，正要脱傻二妮的裤子。幸好被我及时发现，看见我，他吓得立马就跑了。我真想追上去，狠狠揍他一顿！"

"这个哑巴真要作死呀！"

老村长生气了。老村长虎着脸倒背着手，噔噔噔地走到哑巴门口，嘭地一脚踢开了哑巴的门，瞪着眼指着哑巴骂："你这个忘恩负义的东西！你的良心都叫狗吃了吗？”

哑巴瞪着眼怯怯地看着发怒的老村长，他不知道自己什么地方得罪老村长了，也不知道老村长因啥事动这么大的火。忽然，哑巴像似明白了什么。他用手指了指村东，又指了指村北，啊啊地用两手给老村长比画着。

老村长早气昏了头，他哪里还有心思看哑巴那乱七八糟的哑语：“兔子还不吃窝边草呢，你连兔子都不如吗！你还是人吗？”老村长很后悔，都怪自己，当初要不是自己自作主张留下哑巴，还会有今天这样的事吗。

晚上，老村长把大伙儿都召集在一起，老村长说：“现今咱村的青壮年十有八九都外出打工去了，孩子们大都留在村子里上学。大伙都说说看，以后咱该怎么办？咱不能眼睁睁地看着这个畜生祸害孩子们呀。”大伙儿都说，村里有这个祸根，以后就不得安生了，干脆把他赶走吧。老村长沉着脸说：“好，也没有什么好办法了，就按大伙的意思办吧。”

第二天，村人都黑着脸进了哑巴的院子，让哑巴收拾东西走。哑巴看出了大伙儿的意思，先愣了愣，然后突然给大伙儿跪下了，哑巴用手指了指村东，又指了指村北，啊啊地用手比划着。

“你啊啊个熊，不要脸的东西！”

“赶快收拾东西，滚蛋！”

“滚得越快越好！”

哑巴看看村人个个都虎着脸，像要吃人的样子，就拿着一个布包，默默地走了。走几步还回头看看大伙儿。

村人狠狠地指着他吼：“滚！再回来打断你的腿！”“滚得越远越好！”

几天后，一撮毛抓住了哑巴。一撮毛手抓着哑巴的衣领子，像抓着一只偷鸡的贼，哑巴被他拽拉着，啊啊地喊着，来到大家伙儿跟前。一撮毛一脸的怒气：“这个不要脸的东西又回来了，他又想把傻二妮拖进玉米地里。大伙看怎么办？”

大伙儿怒了，真是狗改不了吃屎！

“打！”“狠狠地打！”

一撮毛抬手照准哑巴的脸，啪啪就是几巴掌。哑巴瞪着一撮毛，又转脸瞅着大伙儿。一手抹着嘴上的血，一手指着一撮毛，啊啊地叫。

“我让你叫！我让你叫！”一撮毛抡起手照准哑巴的脸，啪啪又是几巴掌。哑巴已满脸是血。

村长说：“别打了，别打了，把他蒙上头送到几十里开外，越远越好！近了他还知道回来。”

傍晚，村人用麻袋蒙上哑巴的头，找来一辆车把哑巴送出去了。

几天后，傻二妮被人拖进玉米地里糟蹋了。有人发现玉米地里有打斗的痕迹和血迹，玉米棵子被踩倒了一大片。

又过了几天，有人发现哑巴死了。

哑巴没死在外地，他死在了村北小学校旁边石桥下的大青石上。哑巴身上到处是伤，手里握着一块尖尖的小石头。大青石上用石头画着两个人，一个女孩子样，像是傻二妮；另一个是个男人，光着身子，男人右下巴上长着一撮毛。

村人们一下子似乎明白了什么。

在村东的一处荒地上，村人厚葬了哑巴……

穿越一幅画

王强喜欢画画，他见什么画什么，画什么像什么。从小学一直画到大学。

大学毕业后，王强分到了一个不错的单位。一天，他找到算命先生，想让先生给他算上一卦。先生戴着老花镜，盯着王强的脸足足看了有五分钟，然后说："你这个人哪前途无量啊！……"还真让先生给说中了，果然没用几年，王强就升到了局长的位置。

当了局长后，王强的画画得更好了，每天来向他求画的人都排着号儿。尽管他把价格一而再再而三地抬高再抬高，还是供不应求。

王强白天画，晚上画，没事就画，画着画着就画迷了。一天，他竟然一下子穿越进了一幅画里。

这幅画王强听说过，也见过，却从来没有进去过。他一直在想，这里面的世界肯定非同一般，如果能画出来，那一定是一幅绝世无双的画。如今他穿越进来了，他又没有心情了。他脑子晕晕乎乎的，感觉像做梦一般。他不想画这幅画了。

平时，王强画的画都是静止的，如今他穿越进来的这幅画却是活的。这幅画里面有形形色色的人物，也有各种各样的树木花草。他没想到他穿越进来了，就再也不能画画了。因为画里有画里面的规矩，他每天要按照规矩和那些不小心穿越进来的人一起起床，一起做早操，一起干活，一起学习，一起休息。画里有时也举行各种活动。画里每天免费吃，免费住，穿衣也不要钱。这几条倒还不错。有时王强想出去，他怀念画外的美好时光，他就在画里面四处寻找出路，可找来找去却怎么也找不到出去的路了。王强就失望了。罢了，出不去就出不去吧。就算自己给自己放个长假了。这时王强才感到，自己画画太投入了，太累了，他该歇歇了。

没事的时候，王强就回忆过去。一回忆过去他禁不住就泪流满面。画里面的人看他那可怜巴巴的样子，就嘿嘿地笑他，打趣道："王强呀，你又不是小孩子，哭什么呀？这有什么呀，不就是玩了一次穿越吗？别人想穿越还穿越不进来呢。等以后穿越出去你再画你的画就是了。怎么想不开呢？真是个死脑筋。"

"哎！"王强叹了一口气，"该刹车了，我早就该刹车了，我再也不画画了！"

这幅画里每天都有不小心穿越进来的人，各行各业的，黑脸白脸的，男的，女的，老的，少的，工人，农民，还有当官的等等，反正啥人都有。凡是穿越进来的人，一时半会儿都找不到出去的路。看着这些人，王强突然想到了自己的儿子们，心里不由咯噔一下子。他决定再画一幅画，就画他穿越进来的这幅画吧。这是他的最后一幅画，他说话算数，画完这幅画后，他就金盆洗手，再也不画画了。于是一幅画的构图在王强的脑子里渐渐清晰开来。他决定穿越出去立刻就画这幅画。

几年后，王强终于穿越出了这幅画。出了这幅画，王强长长地松了一口气。他抬眼看到天空中有一群鸟儿，正唱着歌儿，在自由自在地飞翔，这多么美好呀！王强觉得他就是其中的一只鸟儿。哦，对了，他还有任务呢，他要画一幅画，一幅很重要的画。

王强进了家门就直奔他的画室。他的画室里早已落满了灰尘，布满了蜘蛛网。王强的心不由得阵阵发凉。他小心地擦拭着画板上的灰尘，清除掉纵横交错着的蜘蛛网。

妻子李华黑着脸看着他："怎么，你还要画画吗？"

王强苦笑了笑，说："我画最后一幅画，就一幅，以后再也不画了，我说话算数。"

"不画能行吗？"李华的脸阴得能捏出水来。

"不行。"王强的话不容否定。

"不画能死吗？"李华的眼睛能吃人。

"就是死也要画！"王强是老太太跳井——尖脚到底（坚决到底）了。

李华没办法了，狠狠地骂了一句："真不要脸，狗改不了吃屎的本性！"说完转脸就走。

王强又朝李华的背影苦笑了笑，唉！——他长出了一口气。然后慢慢地铺开宣纸，拿起画笔，开始作画。

这幅画王强早已在心里画好了，而且画好很久了。这时他只要从心里把它拿出来，直接放在纸上就行了。

唰唰唰，唰唰唰，一幅画一气呵成。画完画，王强拿堂屋里给李华看。

李华看了，一惊："你不会是犯神经病了吧？你画什么不好，画这个做什么？你不觉得晦气吗？"

"真是头发长见识短，你懂什么？"

王强把这幅画小心地卷起来，细细地包装好，对李华说："老婆子，麻烦你一下，马上把这个快递给咱空儿。"空儿是他们的三儿子，在单位里当科长。

李华不明白了："你寄啥不行，寄这破画做什么？多不吉利呀！"

王强眼一瞪："让你去寄你就去寄，哪来那么多废话？"王强的话还是有分量的。

王强又铺纸提笔，画了一幅一模一样的画。他要把这幅画寄给当处长的二儿子海儿。

接着，王强又画了一幅一模一样的画。他要把这幅画寄给当局长的大儿子陆儿。

画完这幅画，王强松了一口气，感觉肩上像卸下了千斤重的担子，浑身轻松舒服。

三个儿子先后都接到了画，先是惊奇，接着就明白爹的良苦用心了。于是都找了专业装裱师把画装裱起来，然后郑重地把画挂在了自己办公室的墙上。像一道别样的风景。

王强的画其实是一座戒备森严的监狱，他自己才刚从里面穿越出来。

在城市里放羊

老李头今年六十多岁了，一辈子没啥爱好，就喜欢放羊。

这天，羊们正在山坡上悠闲地吃着草。老李头躺在山坡上的树荫下，迷糊着眼做梦。“好运来，那个好运来……”多天没动静的手机忽然欢快地唱起歌来。老李头坐起来，拿手机打眼一看，是儿子打来的。这小子无利不起早，打电话准是又要抠见我（打我的主意）。羊们听见手机铃声，都停了吃草，抬起头来，瞪着眼，支棱着耳朵听。

“啥事？说。”老李头点了接听键。

“爹，你来城里吧？”

“去那里干吗？我不是给你说了吗，我得天天上山放羊。”

“来城里放羊呀。”

“你小子还想骗你爹不成，大马路上能放羊？没听说过。”

“真的，现在的城里不光可以放羊，也可以放牛，放马。想干啥干啥。不信你来看看。”

老李头觉得儿子的话有点不靠谱。就试着问：“那咱家里的羊咋办？”

“你先坐车来，我派人开车去，把咱家里的羊拉过来不就行了。”

老李头犹豫了半天，还是把羊赶下了山，关进了羊圈里。然后坐上公共汽车，带着一肚子的不相信，进了城。我倒要看看你小子葫芦里卖的什么药。

一进儿子的家，　孩子们就呼啦啦地围上来“爷爷爷爷”地叫得亲热。放暑假了，孩子们都在家。

“爷爷，咱们去公园吧？”孙子拉住老李头的手。

“爷爷不知道公园在哪里呀。”

“我送你们去。”儿子说着话推门进来了，“爹，您来得真快。”儿子很高兴。

一进公园，孩子们就高兴地撒起欢来。老李头也左瞅瞅，右看看，感觉哪里都新鲜。城里就是城里，到处都热闹。哪像乡下，半天也遇不到一个人。

儿子附在爹的耳朵上说：“爹，你看好这几个小家伙。暑假放了多天了，再在家里窝几天，就把他们窝出病来了。”

转过脸来，儿子又对孩子们说：“你们几个要听爷爷的话，不许乱跑。如果谁不听话我就把谁关在家里。”说完话，儿子就上班去了。儿子和儿媳妇每天都要按时上班。

看着欢快地在公园里玩耍的孩子们，老李头怎么看都像是他的羊。这些羊比起他家里的羊重要多了。这是他家的家底子呀。老李头忽然想，这些羊也该放放呀。他觉得上了儿子的当，又觉得这个当该上。可他家里的羊咋办呢？

这时，儿子又打来电话了："爹，我派车去给你拉羊去了。"

老李头一听，很高兴，这小子，还真去拉羊啊！就说："把西屋那两个新买的羊槽子也捎来吧。"说完话，老李头还是有些担心，这些羊拉进城里放哪里呢？楼上肯定不能放。总不能放在公园里吧？再说人家公园里也不让放呀。

"忘不了，放心吧爹。"听话音，儿子在笑。

晚上，老李头见儿子正在捣鼓电脑，压根不提他的羊的事。这小子八成又骗了我。就黑着脸问："你拉的羊呢？"

"别急，马上就来。"儿子笑笑。

一会儿，儿子打开了电脑："爹，你看，咱家的羊我都放在电脑里了！"

"我不信，就你这小东西，能盛下咱家的十八只羊？"

"不信，你看——"

青青的薛河水，哗啦哗啦地流淌着。河边是他的家。家的旁边是高高的龙山，龙山上有白云似的一群羊，正在咩咩地叫着，蹦蹦跳跳地吃草，撒欢儿……

老李头瞪着眼，点着指头一数，不多不少，正好十八只。

儿子又说："爹，你只要对着电脑说一声'下山'，羊们马上下山，去薛河里喝水。说一声'上山'，羊们就上山去吃草。"

老李头有些不相信，真有那么邪乎吗？就试着说了一声"下山"。不想羊们真的蹦跳着下山了，然后去薛河里喝水去了。

还真神了！老李头又说了一声"回家"。羊们就蹦跳着回家去了。

老李头乐了，再也不用担心他的羊了。

白天，老李头陪着孩子们去公园，去超市，去游乐园……回来后就在电脑上放他的羊。

其实老李头家里的羊，儿子已安排老家的二蛋帮着代养了，儿子按月开二蛋工资。在电脑上放羊，是儿子为老李头精心设计的一款放羊软件。儿子是计算机软件工程师。老李头一个人在乡下，没人照顾，儿子不放心。回家去接了他几次，他就是不同意。说他离不开他的羊。这回终究没精过他的儿子。

谁知五天后，儿子刚进家门。老李头就黑着脸一把抓住他的衣领子："你小子是不是又把老子骗了？"

"咋了爹？"

"昨天那只二羊就该下崽子了，今天起码得有二十只羊才对。咋还是十八只呢？"

儿子看看瞒不住了，嘿嘿一笑，说出了放羊软件的实情。然后拿手机和二蛋开了视频："爹，你看，咱家的羊我二蛋叔给咱养着呢。"

"哥，你放心吧。昨天那只二羊下了三只崽子呢，一共二十一只了。"二蛋正在山坡上放羊。白云似的羊群在山坡上缓缓地流动。

老李头笑了，拿拳头捶了一下儿子："你小子鬼精鬼精的！其实老子早就猜到了，你甭想忽悠老子！"

没事的时候，老李头还是在电脑上放他的羊，要是一天不放羊，他就觉得心里空落落的。这回有二十一只羊了。

将军祭

离薛河不远的一座山上，有一片向阳的山坡，那里长眠着几位年轻的烈士。

一天，李将军来到了一座烈士墓前。每年的这一天，李将军都要来这里看一看。

看着眼前的墓碑，李将军的眼前又现出了那张年轻的脸，和那个吼叫着，抡着大刀杀鬼子的矫健的身影。李将军嘴唇嗫嚅着。

山风吹着枯草掀起阵阵松涛，树梢儿拉着哨儿响。李将军立正，然后缓缓地举起右手，向墓碑行了一个标准的军礼！接着，李将军慢慢地蹲下身来，从篮子里取出各样食品和各样水果，一样一样地摆在墓碑前。又拿出毛巾小心地擦拭着墓碑上的灰尘，将墓碑擦得棱角分明，像擦着那张年轻的棱角分明的脸。擦完，李将军又拿出一把剪子，咔嚓咔嚓地修剪着墓上的枯草和荆棘。

不知什么时候，李将军的身后站了一个老妇人。老妇人佝偻着腰，头发花白，一脸的沟壑。手里也提着一个竹篮子。老妇人静静地站着，默默地看李将军手中的剪子一张一合。老妇人实在鼓不住了，沙哑着嗓子如三九寒风："李将军呀，人都没了，你年年还来这里弄这些事干吗呢？你只管当好你的将军就行了。”

李将军好像没听见，手中的剪子仍然咔嚓咔嚓地响着。

顿了顿，老妇人又说：“为什么让我的孩子上战场？这是我家的独苗呀！我生他的时候不容易，死了两天两夜啊！”

老妇人边絮絮叨叨地说着边蹲下身来，一把鼻涕一把泪。她哆嗦着满是老茧的手，从篮子里拿出各样食品和各样水果，一样一样地摆在墓碑前：“是我家老杨牺牲前把孩子托付给你不假，可你为嘛当真呢？我们老杨家五代单传呀，你又不是不知道……我怎么向我们的列祖列宗交代呀？”老妇人越说越激动，“你是什么将军？你是踩着烈士们的鲜血当上将军的！呜呜呜……呜呜呜……你怎么不把你的孩子也……也送上战场！”老妇人说不下去了，本来佝偻着的身子已经缩成一团了。

李将军默默地站起来，仰起头来看着灰蒙蒙的天。接着，他长长地出了一口气，任流出的眼泪倒回眼眶里。

李将军缓缓地走到挨着的那座烈士墓前，看着墓碑，他又看到一个孩子稚气的脸。李将军立正，然后缓缓地举起右手，又行了一个标准的军礼！然后李将军慢慢地蹲下，又从篮子里取出各样食品和各样水果，一样一样地摆上。拿出毛巾小心地擦拭着墓碑上的灰尘。将墓碑擦得棱角分明。李将军边擦边轻轻地说：“孩子，爹来看你了……”声音虽轻还是被旁边的老妇人听得真真切切。老妇人愣了一下，费力地站起身，踉踉跄跄地走过来，努力地睁着一双昏花的老眼看着墓碑。哆嗦着一双粗糙的手，抚摸着棱角分明的墓碑，像抚摸着一个孩子的脸。老妇人嘴唇嗫嚅着：“怎么老李，这不是王司令的儿子王小海吗？”

看看瞒不住了，李将军说出了实情。

那是一场惨烈的战斗。王司令所在的后勤部队遭到一千多装备精良的日军的围攻。王司令骁勇善战，他指挥的战斗杀死鬼子无数，日军早已恨之入骨。由于敌众我寡，王司令身负重伤，牺牲前他把儿子王小海托付给了当时还是团长的李将军：“李团长……孩子交给你……带上部队冲出去！”说完就牺牲了。李团长哭着背起牺牲了的王司令，像一头雄狮吼叫着，带着部队杀向敌群……几番厮杀，终于突出重围。可是不久，李团长的小部队又被敌人打散了，李团长和儿子及王小海被围在了一个村子里。鬼子在村子四围架起机关枪，把村里的老百姓都赶在村后的晒谷场上。鬼子翻译官向村里狼一样地喊话：“……皇军说了，皇军数到十，如果不交出王小海，就要让村子家家见火，人人见刀，统统地死啦死啦地！”

“一”--“二”--“三”……鬼子嚎叫着。

鬼子这是要将王司令家赶尽杀绝呀，李团长知道鬼子是说到做到的。就在鬼子的“十”字还没有出口，李团长毅然让自己的儿子李军穿上王小海的衣服，走了出去……

老妇人实在听不下去了，声泪俱下地叫了一声：“李将军！——”就泣不成声了。可是老妇人哪里知道，老妇人的孩子也是李将军的。

那时老妇人年轻，生孩子时难产，大出血，当时就昏死过去了，结果孩子生下来也没能保住。老妇人命真大呀，她昏死了两天两夜又活了过来。可巧，那夜李将军的妻子生了一对双胞胎男孩。为了不让老妇人再受二次打击，李将军毅然把其中的一个男孩抱给了老妇人，那时老妇人还不省人事。

移动的风景

老太太拄着拐杖，踮着小脚，沿着马路边往前走。她走一阵儿，就坐在路边的路沿石上歇一歇，喘口气儿。过一会儿颤颤歪歪地站起来再走。她去的方向是郓城的一个公园。当她走过一个小区的门前，想坐下来歇歇的时候，发现身旁放着一个马扎子。老太太眼睛不好使。她费力地瞅了瞅周围，好像没有人在意这个马扎子。她就坐上去，心想，准是哪个毛手毛脚的人急着赶路，忘记了，我先坐下歇歇再说。

等歇过来了，老太太站起来继续往前走。

又走了一段路，老太太累了，当她想坐下来再歇歇的时候，发现身边又有一个马扎子，跟刚才的那个马扎子一模一样。她就想，这可真怪了，难道这个马扎子自己会走路？在后面跟着她来了。这大白天的，不会遇到鬼了吧？不可能不可能，他从来不相信什么鬼了神了的。可是这个马扎子是怎么回事呢？老太太想得头疼也没想出个所以然来。

就这样，老太太走走停停，只要一停，那个马扎子就会及时地出现在她的身旁，直到公园门口。

从那以后，只要老太太去公园，在路上停下来想歇一歇的时候，总会有一个马扎子准时出现在她的身旁。老太太就纳闷了，这可真是奇了怪了，她活了这把年纪还是头一回经这样的事。她想把这件蹊跷事儿跟儿子建国说一说，平时她有事儿都是和儿子建国说。可转念一想……唉！——她叹了一口气，还是别说了。唉！——她又叹了一口气。

一天，当老太太刚到公园里那棵大柳树下的时候，天空突然落起雨来，雨点子从大柳树枝叶的缝隙间砸下来，噼里啪啦地响。这可咋办？刚从家里来的时候，天还晴晴朗朗地，在路上太阳还明晃晃地，咋说下雨就下雨了呢？这鬼天气。她瞅瞅四周，人们都跑着躲雨去了。有雨伞的都撑起了雨伞。她刚想起身去附近去躲躲雨，这时，一个老头飞快地走过来，将一把雨伞撑在了老太太的头上。 老太太瞪着昏花的老眼看了半天，突然问老头：“你怎么在这里呢？你来这里干什么了？”老头用袖子抹了一把脸上的雨水，说：“还问我，你呢？你来这里干吗呢？”被老头这一问，老太太突然明白了什么，她定定地看着老头那因苍老而显得棱角分明的脸，泪水瞬间盈满了她的眼眶。她感觉心如刀割般地难受。

几十年前的那一幕幕往事，像放电影一样又在老太太的眼前翻腾起来。老头和老太太年轻的时候是一对恋人，那时候他们爱得死去活来。老头的家庭成分不好，因为这个，老太太的全家人都极力反对，最终二人没能成双成对。老头一生气，一跺脚，倔脾气就上来了，他心里只装着她，谁也容不下了，干脆谁也不娶了，就做了光杆司令。

后来老头的年龄大了，大伙就劝他，你这样一个人吃饱了一家人不害饿，无牵无挂，倒也不错。可是人都有老的时候，等你老了怎么办，谁来给你养老？这个你没想吧。老头一听，大伙说得在理。有人就说，现在想找个给你暖脚的怕是不可能了，干脆去抱养一个孩子吧，等孩子长大了给你养老，也不错。也只有这个补救的方法了。这回老头不倔了，就托人四处打听，抱养了一个女儿。女儿在老头的呵护中长大，上小学，上中学……女儿很争气，后来考上了省医科大学……今年年前新冠病毒肆虐，女儿和她的男朋友毅然挺身驰援武汉……

老太太说："啥都别说了……你的女儿叫盼盼吧？盼盼是个好孩子。经常听我儿子建国说起她，没想到……咋这么巧呢？哎！——这就是命呀！"老太太叹着气，抹着眼泪，鼻子一把泪一把的。

老头说："别难过，咱们的孩子是为了国家，他们是好样儿的！是咱们的骄傲呀！"

"可孩子说等打败了病魔就回来结婚呢……"老太太说不下去了。

老头的眼里也汪满了泪，他长出了一口气，沉声说："今儿咱俩在，有父有母，有天有地，两个孩子就算成婚了。"

两个人一时无语，眼前一片模糊。

停了一会儿，老头又说："两个孩子走时都留下话了。"

"两个孩子咋……咋说的？"老太太的脸上，泪水顺着沟沟壑壑畅快地流着。

“……如果我们光荣了，请把我们俩埋在公园里的那棵大柳树下……那里离我们的家都不远，我们的父母可以常去那里看看，和我们说说话儿……”老头哽咽着，说不下去了，嘴唇哆嗦个不停。

雨只下了一会儿，早已停了，可老头的伞还牢牢地撑在老太太的头上。

后来，人们看到，从小区到公园的路上，经常会走着两位老人。老太太拄着拐杖，有时老头搀着老太太的胳膊，老头手里拿着个马扎子，慢慢地向前走，像一道移动的风景。

木棉花儿开

南国的天就像小孩儿的脸，说变就变。这不，刚才还是骄阳似火，晴空万里，忽而不知从哪里钻出了一朵乌云，接着当空一道耀眼的闪电，咯喳一个响雷，瓢泼大雨就劈头盖脸地砸下来了。

爹听到雷声，忙拿上一把雨伞，像百米运动员冲刺一样冲出了屋门。尽管这样，还是晚了一步，大雨还是浇在了站岗执勤的儿子身上。

爹喘着粗气，急急忙忙地在儿子头上撑开了一把雨伞，又拿袖子轻轻地给儿子擦拭着头上和脸上的雨水，边擦边说："石头呀，你小时候就娇乖，一淋雨就生病。一生病就得个月成十地（方言，意为：近一个月左右）才能好。那时候咱乡下没有医院，看病要到十几里远的镇上。也没有好路，全是石头蛋子泥土路，万一下了雨就更难走了。我和你娘轮换着背着你，深更半夜，深一脚浅一脚地去镇上去求大夫。去西王庙找神老婆子给你看病。犯的那个难呢，不能提。一提就掉眼泪。你是千万不能淋雨的。"

这是南国边陲的木棉树哨所。哨所周围稀稀拉拉地长着几株茁壮的木棉树。儿子就站在木棉树下站岗执勤。每年的这个季节，爹都要安排好家里的一切，带上干粮和一些土产，从遥远的北方坐上长途火车，哐当哐当几天几夜，再转几次公共汽车，翻几道山梁子，钻几条山沟沟，才来到这个偏远的哨所，来看望他站岗执勤的儿子。

"临来的时候，你娘一遍遍地交代我，让我别忘了带上咱家里的这把雨伞，你娘说南方不像北方，雨天多，晴天少，关键的时候能给你遮遮雨。我说，你真没见过世面。哪里还没有卖雨伞的，千里遥远的，非得在咱家里带。到了南方买一把不就行了。你娘说，不行不行，咱这把雨伞是咱石头上学的时候最喜欢用的，一定要带上。"爹边给儿子擦拭着身上的雨水，边喋喋不休地给儿子说着，"你娘身体还硬朗，以前的腿疼病现在也好了。咱村现今变化可大了。村支书三德子搞了个'头雁工程'在咱村建了好几个工厂。村里的老少爷们都不用外出打工了。今年还分红了呢，你猜咱家分了多少钱？三万八千多块呢！咱家新栽的三亩地的果园，今年也挂果了，要是风调雨顺的话，明年就能卖不少钱。生活没什么困难。你放心吧。小冬子学习很用功，各门功课差不多都是满分。就是想起一阵子就念叨你，说想爸爸。还说长大后要来你这里看木棉树，和你一起为国家站岗放哨呢……"爹说着说着就哽咽着说不下去了。

雨一直在下，爹早已成了落汤鸡。不知什么时候，爹觉得头上的雨停了。抬眼一看，头上不知什么时候撑起了一把雨伞，一看是班长王帅。王帅一脸的雨水，上气不接下气地说："老爹，真对不住了，今天我们班执行特殊任务，我来晚了。”王帅又说，“老爹，几年前您无意中说的那句话，我们一直记在心里——‘石头小时候就娇乖，一淋雨就生病，生了病没有个月成十地好不了’。我们每天都看好几次天气预报，生怕看错了，只要天下雨，我们‘英雄班’的战士们就会轮流着给石头撑起雨伞，决不会让雨水淋着他的，石头永远是我们‘英雄班’的一员。我们‘英雄班’还会把这个作为一种传统一直传承下去。请老爹放心。”

不知是雨水还是泪水，说着话，王帅的眼睛就模糊了……那是三年前夏天的一天，那天的雨比今天的雨还要大，乌云翻滚着压着大地，狂风怒吼着撕扯着地面上的一切。天像快要塌下来一样。一名持枪毒枭趁着雨雾猫着腰，三步并作两步就蹿到了国界线边上，一条腿已经跨出了国界线了，眼看着就要蹿出国界。值班的石头心头一个激灵，一个箭步就冲了上去，飞起一脚踢飞了毒枭手中的枪，接着一把将毒枭抓了回来。不想此时，躲在不远处的另一名狡猾的毒枭向石头砰砰开了两枪。石头捂着胸口忍着剧痛，啪啪两枪将两名毒枭放倒在国界线内……石头倒下了……

为了纪念石头的英雄壮举，上级批准在石头牺牲的地方——那片木棉树下，给石头树立起一尊英雄雕像。高高的木棉树下，英雄石头手握着钢枪，英姿飒爽！

这时，老爹和石头的头上和身旁，“英雄班”的战士们齐刷刷地撑起了雨伞，像一朵朵盛开的木棉花。

◀ 有枪药味的男人

那年七月初七的早上，村人都端着饭碗围在莲花石旁，拉呱的拉呱，吃饭的吃饭。这时，走过来一个背着土布包的姑娘，姑娘看上去顶多十八九岁，一身土布衣裳。姑娘给大伙施了一个礼，说："叔叔大伯们好！请问这里是不是莲花石？"

"是呀。"有人答了一句，"你找莲花石干吗？"

姑娘脸红了一下，说："我找一个家住在莲花石，打过小鬼子的男人。"

大伙一听，笑了。二柱子说："打过鬼子的男人，那可多了。俺们村有二百多户人，有二百多人都打过小鬼子呢。俺还打死过两个鬼子呢。"二柱子一手端着饭碗，一手指着大伙说，"还有大山，二鸡子，三歪头……俺们都打过小鬼子呢。"

姑娘一听，急了："这可让俺咋找呢？"

三歪头问："你要找的那个打鬼子的男人长啥样，说不准在战场上牺牲了呢。"

姑娘一听，急出了眼泪，忙说："不，不，他不会死的，他不会死的。”接着姑娘讲了一个故事。

五年前的那个七月七，姑娘还小，她跟着娘随着逃难的人群往山里跑，忽然，小鬼子的飞机嚎叫着飞过来了。一架，二架……查不清有多少。

“鬼子要撂炸弹了！鬼子要撂炸弹了！快跑呀！”有人大喊。这一喊，逃难的人群立马乱了。爹娘找不到孩子，孩子找不到爹娘。一片混乱。姑娘被逃难的人群冲散了，她怎么也找不到娘了，吓得哭起来，边哭边跟着人群乱跑。

忽然，一颗炸弹落在姑娘的不远处。姑娘吓傻了，站在原地一动不动。这时，不知从哪里冒出了一个人，大喊一声：“快趴下！”就一下子扑倒姑娘，把姑娘压在了身下。轰！炸弹爆炸了。爆炸掀起的泥土把那个人和姑娘埋了大半个。过了许久，那个人才抖掉身上的泥土，从姑娘身上爬起来。那个人起来后双手捂着头，差点摔倒。姑娘起来忙扶住他，问：“你怎么了？”那个人没说话，定了定神，大声说：“我是游击队，家在莲花石。”说完就走了。姑娘看到不远处，被炸死了很多人。

后来，姑娘找到了娘，娘说：“那个游击队员是咱们的救命大恩人呀！”

再后来，姑娘长大了。一天，姑娘红着脸给娘说出了自己的想法。娘说：“这个，娘支持你。只是……”

姑娘伸手堵住娘的嘴，说：“好人是不会有什么事的，我一定要找到他！”

这时全国已经解放了。姑娘背上包袱，给娘说了一声：“娘，我走了。”娘抹着泪说：“闺女，出门要小心呀！要多长几个心眼子呀！”“放心吧，娘。”

姑娘打听了几个叫莲花石的地方，都没有她要找的那个人。这里是第四个莲花石了。

二柱子问：“你记得救你的那个人长啥模样吗？”

姑娘想了想，说：“说不上来长啥样，反正我见了就认识他。他的脸上有一股子枪药味。”

“哈哈哈哈”大伙儿都笑了。笑得姑娘的脸红一阵紫一阵的。姑娘这才知道自己说漏了嘴。

“都别笑了，都想想咱村有没有这个人。”

“三铁匠”“李二亩”“王满屯”……大伙把村里打过鬼子的人差不多都数算了一遍，觉得都不像。

“不会是吴庆典吧？”

“那个聋子呀，肯定不是他。”

“聋子也参加过游击队，打过小鬼子！”

“一个聋子，聋三拐四的，打啥小鬼子？”

谁知姑娘听了，又给大伙施了一礼，说：“请告诉我那个吴庆典家住在哪里？”

“就在老槐树前边那个吴门里，从东门进去，路北，从东头数第四家，那三间草屋就是。”

姑娘到了吴门里，在那三间草屋门前，轻轻敲门。一个老太太开了门。老太太上下打量着姑娘，问：“闺女，你找谁呀？”

“我找，我找一个游击队的人。”说完姑娘才觉得自己的话有些荒唐。

“我家里没有什么游击队，只有一个聋儿子，说话像打雷他才能听得见。”老太太喋喋不休地说着，“都是挨千刀的日本鬼子害的。鬼子撂炸弹把我儿子的耳朵给震聋了。”

姑娘一听，忙说：“大娘，我能看看你儿子吗？”

“你等一下，我去给你叫。”

老太太到屋里叫出了她的儿子。姑娘一见，眼睛一亮：“哥，我终于找到你了！你让我找得好苦啊！”接着姑娘给老太太讲了她的聋儿子救她的故事。

谁知聋子见了姑娘却说：“你走吧，我不认得你。”

老太太瞪了聋子一眼。聋子好像没看见，继续说：“你走吧，我真的不认识你。”说话像打雷一样。

我说的这个故事是我爷爷和奶奶的故事。这个故事里的姑娘后来成了我奶奶。聋子是我爷爷。你肯定想知道故事的结尾。其实故事的结尾是我奶奶告诉我的。我奶奶说，你爷爷想赶我走，我就是不走。我大声说：“小鬼子的飞机来了，你为什么抱住我，还把我压在你身下很长时间。”我有些不讲理了。

“当时看你是个英雄，现在怎么又变成个狗熊了呢？”

你爷爷被我这么一激将，说出了一句让我意想不到的话。你猜他怎么说。

他说：“我已经变成了一个聋子，我怕配不上你。怕耽误了你呀！”

四娘柳

菊子应聘了影视城的演员工作，这下可把爷爷乐坏了。菊子第一天上班，爷爷比菊子起得还早，爷爷拿来一大杯子凉开水，放在菊子手中："菊子呀，带上这个，千万别忘了去给你奶奶浇浇水呀。"爷爷叹了一口气，"咱们好多天没去看你奶奶了，你奶奶肯定渴坏了。"爷爷说着就别过脸去。菊子看到爷爷的眼湿湿的。

进了影视城，菊子没先去招工处报道，她也无心看影视城里的风景。菊子脚下像生了风，过"怡红院"，过"洋行"，过"大戏院"……她要去老洋街，去看看那棵老柳树。

菊子有老些天没来看老柳树了。看不到老柳树的日子，菊子心里空落落的，菊子爷爷的心里也空落落的。老洋街的尽头，老柳树裸露着裂开的胸膛，静静地立在那儿，像一个饱经沧桑的老人看着菊子。菊子围着老柳树转着圈儿，细细地看，好像生怕老柳树少了一片叶子似的。听爷爷说这棵老柳树有些年岁了。菊子记得她小时候老柳树就这个样子。菊子听爷爷说，爷爷小时候这棵老柳树也是这个样子。

记得小时候，菊子和小伙伴们钻进老柳树的树洞里捉迷藏，被爷爷看见了，爷爷就瞪起眼来吼：“都给我出来，以后谁也不许钻进去！”爷爷说着扬了扬手中的拐杖，我们知道爷爷要打人了。我不知道爷爷为什么不让我们钻树洞，甚至有的小伙伴折一根柳条儿拧喇叭，爷爷看到了也会扬扬手中的手杖。菊子不明白地问爷爷：“爷爷，老柳树是咱家的吗？”爷爷说：“不是。”菊子又问：“那你为啥不让别人惹呢？”爷爷抬手用袖子拭了一下眼角：“孩子，你还小，赶明儿等你长大了就知道了。”菊子看到爷爷的眼圈红红的。

菊子家就在影视城旁边。没建影视城之前，菊子没事儿就陪着爷爷来老洋街看老柳树。每次来，爷爷总是用那双枯枝般的大手抚摸着老柳树那像被刀劈斧开的胸膛，摸索来摸索去，嘴里喃喃自语着。随后，爷爷又拿出早已准备好的凉开水，缓缓地倒在树根上，嘴里还不停地念叨着：“老婆子呀，你渴了吧？渴了你就喝吧。”说着说着，爷爷的泪就流出来了，一滴滴全滴在老柳树的树根上。

后来，这里建起了影视城，把老洋街和老柳树都圈了进去，爷爷想再去看看老柳树就没那么容易了。爷爷像得了病似的，吃不下饭，也睡不好觉。菊子说："爷爷你别急，我去影视城应聘演员。”没想到菊子真的应聘上了。可把爷爷乐坏了。影视城还给爷爷开了绿灯，爷爷可以自由地进入影视城去看老柳树了。

那天，一群鬼子嚎叫着围了上来，在老柳树旁抓住了王四娘。

狡猾的鬼子从老柳树的胸膛里找到了那份情报。王四娘拼命地冲过去，夺过情报，一口吃进肚子里。“八格牙路！”鬼子军官松田哗地抽出了军刀，“死了死了地！”松田一挥手，几个鬼子把王四娘吊在了老柳树上。

近来日军连连失利，松田脖子上的青筋根根跳动，像一条条蠕动着的黑蚯蚓。松田手中的刀闪着寒光，在王四娘眼前晃着：“近日皇军军火被劫，粮食被烧，弹药库被炸，是不是你送出的情报？”王四娘仰头哈哈大笑：“这些都是老娘干的！”松田眯着一双鼠眼奸笑了一下：“只要你说出你的组织和八路的驻址，今天我就饶你不死。”“白日做梦，王八蛋！哈哈哈……”一声长笑，震荡着老洋街，也震荡着松田的心。暴怒的松田举起了屠刀……

“住手！——松田你这个王八蛋！”一声断喝，人群中挤出了菊子的爷爷，“松田，赶快投降！不然老子扒了你的皮！”

松田脱了鬼子帽，忙过来扶住菊子爷爷：“老爷爷，我们这是在演戏呀！”王四娘也扯掉身上的绳子过来了：“爷爷，我是菊子呀，我们在演我奶奶的戏呢。”原来这是影视城的经典情景剧《四娘柳》，每天都要上演好几场。

菊子爷爷这才回过神来，很不好意思地说：“对不起了，对不起了！”当年菊子爷爷是一个出色的游击队队长，老婆子王四娘是个地下党，潜伏在日本特务队里，后被叛徒出卖，被鬼子吊在这棵老柳树上，三伏天，苍蝇蚊子围着嗡嗡地转，吊了三天三夜没断气，谁也不许给一口水喝，王四娘的嘴干得裂开了血口子。松田见她不死，恼羞成怒，一刀劈开了她的胸膛，血顺着王四娘的胸膛和嘴流进了老柳树的胸膛，染红了老柳树和老柳树下面的土地。后来，人们都管这棵老柳树叫“四娘柳”。

“菊子，快给你奶奶浇浇水。”爷爷抖抖索索地从包里拿出了一杯子水。菊子知道，那是爷爷给奶奶准备的凉开水。

泥人刘九

薛河刘九，在家排行老五。他娘泼辣能生，一气儿生了五个儿子。那时候人穷，生多了养不起。爹怕娘再生下去还是儿子，就给他起了个名字叫九儿，人称刘九。意思是这是上天给他的第九个儿子了，千万别再给了。

许是从小吃不饱还是咋的，刘九长得矮小懦弱，且胆小怕事。但刘九人虽小点儿，一双手却十分灵巧。他喜欢摆弄泥巴，有一手绝活儿。一把黄泥在手，捏啥像啥。人称泥人刘九。俗话说有力的吃力没力的吃能儿。刘九逢集摆摊儿给人家捏泥像，不光混得人模人样，还娶了个如花似玉的媳妇叫杏花。

三月三薛河逢庙会，杏花去赶庙会，被鬼子小队长川岛带着一帮小鬼子遇上了。“花姑娘地，吆西吆西！吆西吆西！”川岛奸笑着，口水都流出来了。翻译官张二华一挥手：“带走！”小鬼子们一拥而上，拉扯着杏花就往薛河据点走。任凭杏花喊破了喉咙。汉奸刘黑子和他的保安队咋咋呼呼地在后面压阵。赶会的人看到这阵势都吓得一哄而散了。有人冲着走远的刘黑子骂了一句："畜生！兔子还不吃窝边草呢。杏花可是你的……"几天后，杏花衣衫不整地被扔到了据点外的野地里，死了。

刘九还在集上捏泥人。老族长七爷噔噔地走过去，抬腿照腚踢了他一脚，黑着脸说："你就知道捣鼓泥，你还是个男人吗？"

刘九瞅瞅七爷，没说话。拿黄泥三下两下捏了个自己，跑到薛河后山，挖了个坑，埋了。坟上写着"刘九之墓"。埋完，刘九长长地舒了一口气，感觉自己已经脱胎换骨，换了一个人。他朝飘着太阳旗的鬼子据点狠狠瞪了一眼，便消失在夜色里。

一年以后，薛河庙会上出现了一个捏泥人的男人。大伙儿都凑上去看。一看不是别人，正是刘九。就有人凑上去，问："九兄弟，给我捏个像吧？我找你找了好多天了呀。"刘九讪笑着，说："老哥，晚些天吧，今儿不得空，被人包了，给一个畜生捏像。"大伙儿一听，觉得稀罕，或许是没听清。又问："给一个畜生捏像？"刘九说："是，给一个畜生捏像。"此时，刘九的手里正在摆弄着一团黄泥，几个手指飞快捏弄着，三下两下，变戏法儿似的，一个泥人出现了。眼尖的人一下子就认出来了，这不正是鬼子小队长川岛吗？大伙儿像是突然想起了什么，你看看我，我看看你，都咧着架子要走。转脸的功夫，哪里还有刘九的影子。只留下小鬼子川岛的泥像孤零零地立在地上。第二天一早，有人发现薛河古城墙上挂了一具鬼子尸体，不是别人正是川岛。尸体还在滴滴答答地滴着血。一摸，尸体还没凉定。鬼子大惊，川岛被杀，非平常人所为。一时间，薛河古城大街小巷布满鬼子岗哨，严查可疑人员。一副杀气腾腾的阵势。

隔几天，人们又见刘九在山亭大集上捏泥人。人们看清了，这个泥人腰挎盒子炮，留着大分头，一双鼠眼嗤嗤放光。这个泥人不是别人，正是翻译官张二华，一副活脱脱的汉奸样。秦桧还有三个相好的呢。有人忙给张二华捎信，吓得张二华房前屋后加了好几道岗哨，几天不敢出门。他秘密地备了重礼派人给刘九送去，被派去的人回来说，哪里也找不到刘九的影子，往哪里送呀？张二华吓得一腚瘫在地上。吩咐手下："再多加几道岗哨，二十四小时不准睡觉！"

几天后，张二华的尸体还是被挂在了薛河古城墙上，血嘀嗒嘀嗒地滴在城墙根，一片殷虹。他的岗哨全部被杀。薛河鬼子据点像炸了锅，全城戒严。鬼子大怒，全城贴满布告，悬赏一万大洋缉拿刘九。闹腾了一阵子，连刘九的影子也没抓到。

从那以后，从鬼子据点里传出了一句话，"不怕鬼，不怕神，就怕刘九捏泥人"；在薛河城乡的百姓中也流传出一句顺口溜，"不怕鬼，不怕神，就盼着刘九捏泥人"。

新上任的鬼子小队长伊藤带着一队小鬼子，和汉奸刘黑子带着的保安队，在附近的大集上抓捕捏泥人的刘九。可是刘九就像一个幽灵，在集上捏完泥人就走。隔几天，被捏的这个鬼子或者坏人准会被杀。伊藤气得嗷嗷暴叫。一遇到可疑的人，或者和刘九长得相似的人，立即抓走。

老百姓都想看刘九捏泥人，只要哪里逢集，大老远就追着去。然后满大街瞅，看看刘九出摊了吗。

那天，庄里街逢大集。刘九又出摊了。像往常一样，他先铺开摊子布，搬一块石头坐下。拿出早已准备好的一团黄泥，三下两下就捏了一个泥人。大伙儿一看，不是别人，正是汉奸刘黑子。大伙乐了，心里说，这个大坏蛋早就该除了。可转念一想，这刘黑子不是别人，他是刘九的叔兄弟呀！等到伊藤的鬼子小队和刘黑子的保安团赶到，刘九早已没了踪影。只留下汉奸刘黑子的泥像立在那里。气急败坏的伊藤一脚踢飞了泥像，操着半生不熟的中国话嗷嗷暴叫："刘九，死啦死啦地！死啦死啦地！"三天后刘黑子被杀，尸体被挂在薛河古城门上。血嘀嗒嘀嗒地滴在被杀的鬼子岗哨身上。

一天，七爷早起拾粪，见一队拿枪挎刀的人猫着腰，正从薛河古城墙根匆匆跑过……为首的正是刘九。七爷点了点头。那天，伊藤的尸体被挂在了古城城门上……

后来，有人在薛河后山发现了很多小坟头，坟头上都有名字，排在前边的是川岛和张二华，接着是刘黑子和伊藤……扒开坟头，里面的泥人活灵活现，都呈跪状跪在刘九媳妇的坟前。

种　鱼

灵芝湖里鱼虾多，光棍老憨喜欢下湖抓鱼摸虾。老憨抓了鱼虾，小的留下来自己吃，大的都悄悄地种在了自家门外的小竹林子里。

一天傍黑，老憨又在小竹林里种鱼，不想被路过的狗蛋看见了。老憨先是一惊，转脸就嘿嘿地笑："狗蛋，咋不去上学呢？""都黑天了，早放学了。你在干啥呢？""我……"老憨嘿嘿笑着，"我在种……种鱼呢。"

"种鱼？"忽然一个声音从背后传来，"骗三岁的娃娃吧，老憨，没听说过鱼也能种？"

老憨一听是三坏，气就不打一处来："我种我的鱼，种在我家园子里，又没种你家园子里，关你屁事？咸吃萝卜淡操心！"

三坏讨了个没趣，哼了一声，悻悻地走了，边走边摇头，"真是个憨熊，怪不得叫老憨哪。"

老憨知道三坏一肚子坏水，他朝三坏的后背狠狠剜了一眼，继续种鱼。老憨把一包鱼放进挖好的坑里，再盖上一层薄薄的土，然后朝狗蛋家瞅了一眼，笑笑。抬眼就看到三坏那扇窗户，老憨的脸又阴了。这扇窗户是三坏新开的，原先是墙。自从开了窗户，三坏的那张驴脸就常在窗户后面晃，晃得老憨不敢去狗蛋家去串门，不敢和狗蛋妈说话。三坏是村长，和狗蛋爸是亲兄弟。三坏常拉着个驴脸看老憨，看得老憨的心有些发毛。

狗蛋回到家把看到老憨种鱼的事给妈说了，妈听了，笑了笑，没说啥。一会儿，花猫走进屋，喵喵地叫着围着妈转，还伸着爪子抓妈的衣服。妈俯下身，亲了亲花猫，对狗蛋说："狗蛋，今天妈给你烧红烧鱼。""好！"狗蛋高兴地拍着手叫起来。狗蛋最喜欢吃妈烧的红烧鱼了。以前的鱼都是爸从灵芝湖里抓的，自从爸出车祸去世后，狗蛋就吃不上鱼了。娘儿俩没有什么收入，狗蛋还得上学，妈巴不得把一分钱掰成两半来花。哪舍得去买鱼呢？就在前些日子，妈突然给狗蛋说，妈可以给你做红烧鱼吃了。狗蛋问妈："妈，你在哪里弄的鱼？"妈脸红了一下，说："妈买的呗。"以后的日子里，狗蛋经常会吃到妈做的红烧鱼。

自从那次三坏见老憨种鱼，三坏只要从老憨门前过，都会瞅瞅那片小竹林子，再瞅瞅老憨的家和狗蛋的家。

没事的时候，老憨就会瞅三坏的那扇窗户，一瞅就见三坏的那张驴脸在窗户后面晃。王八蛋！老憨咬着牙骂了一句。他觉得三坏的这扇窗户就是冲着他开的。

一天，狗蛋放学回来，见花猫嘴里叼着一包东西正从小竹林里往家里拖。狗蛋就把那包东西拿起来，一看，是一包鱼……

恰在这时，三坏来了。见了狗蛋，问："狗蛋，你妈呢？"

狗蛋往家里指指："在家呢。""去，让你妈上我家里来一趟。"

三坏又敲了敲老憨的门："老憨！老憨！你到我家里来一趟。"

老憨正在屋里，一听是三坏，火气一下子就上来了。这个王八蛋，又要使什么坏呢？三坏是村长，老憨心里有气也不敢明着得罪他。就应了声："来了来了。"

一会儿，老憨到了三坏家里，见狗蛋娘也在，心里就打起了小鼓。他装着没看见的样子，试着问三坏："村长，你找我有啥事哩？"

三坏看了看老憨，又看了看狗蛋娘，说："你们两个在家里都闲着，也不是个法子。今天我去工业园了，三旺食品厂正在招工，报名的人很多，我给你俩争取了两个名额，明天就去上班吧。"

老憨眼里忽然一热，忙转脸去擦眼。就在转脸的一刹那，他突然看到，三坏的窗户后挂着一幅三坏的半身像，被窗户透进来的风一吹，还晃阿晃的。老憨愣住了。

三坏见老憨看他的那个半身像，就笑着说："这是忽悠外来人员的，包括小偷，咱村就这一条主道，谁都得从这里过，外来人员和小偷也不例外。外来人员和小偷见我在窗口晃，以为我在站岗呢，来村里就不敢胡来了。"

老憨终于明白了。老憨要走的时候，三坏对老憨说："千万要保密，不要说出去啊！"

红嫂屋

远远看去，根仔家的荔枝园殷红一片，映红了大半个天。那是新品井岗红糯荔枝熟了。根仔很高兴，他的心愿马上就要实现了。

那是三月荔枝花满山飘香的时候。一天，根仔正在荔枝园里修葺那间低矮的“红嫂屋”，一群蜜蜂嘤嘤嗡嗡地唱着歌儿，围着根仔和“红嫂屋”飞来飞去。看着这些可爱的小精灵，根仔笑着冲它们挥挥手：“你们快去采蜜吧，我这里你们帮不上忙呀。”正说着，忽然从花间传来一个银铃般的女声：“老爷爷，我们现在在从化了，这里的荔枝树太多了，满山满坡的荔枝花都开了。你看，咱们家的蜜蜂正忙着采蜜呢！”原来，一个女生正拿着手机，对着荔枝花海在给她的老爷爷开视频呢。她是随父母来这里放蜂的。

“丽丽呀，你们去从化了？”老爷爷显得有些激动的样子。

“是呀老爷爷，这里太美了！”小姑娘的手机镜头无意中拍了一下根仔家的“红嫂屋”。说是“红嫂屋”其实就是一间又低又矮又旧的小茅屋，只能容一个人低着头进去。门上挂着一个红牌牌，红牌牌上写着“红嫂屋”三个字。不想老爷爷吃惊地叫了一声：“丽丽丽丽！你刚才拍了什么？快让我看看。”丽丽说：“荔枝园里的一间小茅屋，好像是看荔枝园子的人临时住的。”“快转回去让我看看！”丽丽把镜头转回，对准了小茅屋。不想老爷爷一看，高兴地叫起来“就是它！没错，就是它！”老爷爷满眼泪花。丽丽懵了，不知道老爷爷为啥这样高兴。接着，老爷爷给丽丽讲了一个他自己的故事，这个故事也让丽丽满眼泪花。

那是在打鬼子的时候，那时老爷爷才二十出头。在从化的一次战斗中老爷爷身负重伤，被送到堡垒户王大嫂家中养伤。老爷爷伤得很重，昏迷不醒，什么也不吃。小鬼子还天天进村搜查。为了安全，晚上，王大嫂悄悄地背上老爷爷，进了后山的荔枝园子，那里有一间不起眼的小茅屋，掩映在荔枝林里，十分隐秘。王大嫂就把老爷爷放在小屋里。老爷爷伤势很重，什么也吃不下，怎么办呢？正好那时王大嫂的头生儿子正在吃奶。王大嫂就对儿子说：“儿子呀，把你的饭分给叔叔吃一点吧，叔叔要给咱们打鬼子呀！”王大嫂就挤了奶，一勺一勺地喂给老爷爷。后来 老爷爷终于醒过来了，王大嫂的儿子却饿得昏过去了……

“那个饿得昏过去的孩子就是我的爷爷！”不想正在修葺“红嫂屋”的根仔接了一句，“那个王大嫂就是我的老奶奶呀！”原来根仔也在听老爷爷讲故事呢。

老爷爷简直不相信自己的眼睛，这不是在做梦吧？七十多年了，他无时无刻不思念着那间小茅屋和用乳汁救他生命的王大嫂。

后来在从化的一次战斗中他被鬼子的炸弹炸去了双腿，他一生都只能坐在残疾车上，哪里也去不了了。不然，凭老爷爷的脾气，他早就去从化去寻找救命恩人了。

“孩子，你的老奶奶还……还健在吗？”老爷爷问根仔。其实老爷爷知道王大嫂不可能在世了，他自己都一百露头了呀。

“我老奶奶后来也牺牲了。”根仔没有说，他怕老爷爷伤心。其实老奶奶是因为收养负伤的老爷爷被坏人告密，被鬼子杀害了。

看着眼前的“红嫂屋”，老爷爷仿佛又看到了当年用乳汁救他生命的那个瘦小的王大嫂的身影。坐在残疾车上的老爷爷缓缓地抬起右手，向“红嫂屋”敬了一个标准的军礼！

拿着手机开视频的丽丽忙上前，连拍了几张“红嫂屋”的图片：“真是老天有眼呀，我老爷爷一生都在念叨救他生命的王大嫂和小茅屋，不想今天无意中竟在这里碰到了。我老爷爷的心愿终于实现了。”

“咱们交个朋友吧！”根仔伸出手，“我叫根仔，大学刚毕业不久。”

丽丽一听根仔，一愣，不会这么巧吧？就试着问：“你家前几年出了大事。对不对？”

“是，着了大火，全烧光了。我爸爸又得了重病，卧床不起。你是怎么知道的？”根仔也一愣。

根仔突然想起，这几年一直有一个人在资助自己上大学，会不会是她？一定是她！根仔心头一热，忙跪下给丽丽磕头：“谢谢你一直在资助我！不然，凭我家的家境，我永远也上不起大学！”

丽丽笑了，说：“钱是我寄的，但不是我的钱。”

根仔懵了：“不是你，那是谁呀？”

丽丽又笑了：“是你老奶奶用乳汁救活的那位小战士呀！现在是老战士了。他说他永远欠从化乡亲们的！只是，这一切怎么会这么巧呢？”

……

一阵山风吹来，拉回了根仔的思绪。满山满坡红透了的井岗红糯荔枝，是他大学毕业后精心培育出来的优良新品种。他要把最大最红的摘下来，寄给远方的亲人——那位被他老奶奶用乳汁救活的老爷爷，还有那个跟随父母放蜂的小女生……

我给你讲一个故事

紫依被转到重症室，躺在病床上，正在打吊瓶。一个穿着防护服，名叫小桃的护士守在她的病床前。

年前，紫依回老家过年，应朋友之邀，半道上在武汉玩了几天，不想染上了新冠病毒。

重症室的门不声不响地开了，进来一个穿着防护服的大夫。大夫微笑着看了一眼病床上的紫依和床头上挂着的床头牌。接着护士小桃就向大夫汇报了紫依的一些病况。不想大夫刚一开口说话，紫依就像被针猛地扎了一下，浑身一抖。这个大夫的声音怎么这么熟呢？难道是她？再听，这声音真是太熟了。虽然隔着防护服和护目镜，看不清她的脸，但从声音可以判断出是她——确定是她！难道她也来支援武汉了？怎么会这么巧呢？真是冤家路窄呀！完了，我完了！紫依越想越害怕，忽然脑子里嗡的一声，懵了。后来小桃和大夫都说了些什么，紫依都听不见了。等她醒来后 ，小桃忙问：“你刚才怎么了？是不是做噩梦了？一个劲地说梦话呢。”

想想刚才的那个声音，紫依只感到后背一阵阵发凉。难道这是上天的有意安排吗？听到小桃问她，紫依装着没事的样子，脸上挤着笑说："刚才我困了，迷糊了一会儿。我有说梦话这个毛病，没办法。"

小桃说："刚才来的医师，叫红杏。她是你的主治医师……以后有什么事你就给我说，我再给红杏大夫说。"

紫依听到红杏二字，心一下子又沉了下去，像跌进了无底的深渊。唉！完了。如今落在她的手心里，这下完了。紫依想到了人们常说的一句话，叫作什么医生杀人不用刀。平时只是随便说说而已，现在临到自己身上了。紫依越想越害怕。过了一会儿，紫依突然对小桃说："小桃妹妹，我想，我想……请你帮个忙，行吗？"

小桃看着紫依，笑着说："有事你尽管说嘛，只要我能帮的，一定帮你。"

紫依犹豫了一下，说："我想，我想……我想请你帮我换一个主治医师，行吗？"

小桃听了，不解地看着紫依，问："你为什么要换主治医师呢？红杏可是我们医院里最好的呼吸科专家。经他医治的重症病人，差不多都康复出院了呢。"紫依没说话，眼睛一眨不眨地看着天花板。

第二天，紫依又对小桃说："小桃妹妹，我托你办的事，你就帮帮我，行吗？"紫依的话里带着恳求。小桃说："我就不明白了，你为什么非要换主治医师呢？别人都求着找红杏医师看病呢。”

“小桃妹妹，”紫依欲言又止，“你不知道，别人的病和我的病不一样。”紫依叹了一口气，“我的病……难看呢。好妹妹，你就帮我换一个主治医师，行吗？”小桃听着紫依吞吞吐吐的话，就说：“在我们这里的病人都是新冠肺炎，这里是专科医院。怎么会不一样呢？”小桃又说，“你不用担心，已经有很多重症病人都康复出院了呢。你很快就会好起来的。红杏医师还专门交代我，要我好好照顾你呢。”

小桃看到紫依的身子又抖了一下。紫依没说话，依然看着天花板，像在想着什么心事。

每天，红杏医师都来紫依的病房里来询问病情。紫依只是点头或者摇头，从来不说一句话。也从来没用正眼看过红杏医师一眼。倒是小桃天天开导紫依，和紫依聊得火热，逗得她天天乐呵呵的。就像自己的亲人一样。

几天后，紫依觉得身上有劲了。小桃就扶她坐了起来。看到紫依变化不少，小桃说：“红杏医师说了，你这几次的检查的结果都不错，过不了几天你就可以康复出院了。”紫依很高兴，瞬间感觉浑身一轻，像卸下了千斤的重担。小桃开玩笑地对紫依说：“紫依同志，你还想换主治医师吗？如果想，我马上来帮你换呀！”

紫依笑笑，没说话。过了一会，紫依说：“小桃，你想听我讲一个故事吗？”

小桃说：“好啊，我最喜欢听故事了。小时候，我妈妈天天给我讲故事呢。”

接着，紫依讲了一故事，紫依讲的故事令小桃意想不到。

原来，紫依和红杏是一对好朋友。可是后来，紫依抢走了红杏的男朋友，就到南方打工去了，紫依一直没敢回来……紫依说："我对不起红杏，我欠她的太多太多。刚来这里的时候，我还怀疑她……所以……唉！想想这些，我真不是人哪！"

小桃听了，先是一惊，继而笑着说："都是过去的事了，你就不要再纠结了。红杏医师早已忘记了呢。"

紫依出院那天，红杏来送紫依。紫依早已泪流满面，她突然一下子给红杏跪下了。红杏忙扶起紫依来："快起来！快起来！你这是干嘛呀？"紫依又要给小桃鞠躬，被红杏止住了。红杏笑着说："小桃不是别人，她是我的女儿，照顾你这个阿姨她还不是应该的吗。"紫依惊得张大了嘴，半天没有合上。

娟子，我跟你商量个事儿

“娟子，我想跟你商量个事儿。”

除夕夜，老杨裹着一身寒气从医院里回来了，一脸的疲惫。他真想一头扎进被窝里睡上三天三夜不起来，这几天，他太累了。老杨是医院传染科的高级医师，这几天病人太多，忙都忙不过来。

妻子娟子递给老杨一杯热茶，嗔怪道：“老公，这大过年的，你还有啥事呀？”娟子看上去还是十七年前的娟子，那身段，那声音，特别是那张脸。好像是吃了唐僧肉了。

看着眼前的娟子，老杨一下子回到了十七年前的那个除夕夜。

那时正是“非典”疯狂肆虐的时候。老杨下班早，正握着两个拳头轻轻地给卧床不起的娘捶背。门吱的一声开了，娟子裹着一身寒气一头扎了进来，急急地说：“老杨，我想跟你商量个事儿。”

老杨笑了：“都啥时候了，你还跟我绕弯子？难道我还不了解你吗。放心吧，我不会拉你的后腿，我会全力支持你的！”老杨边捶背边看着娟子的脸，说，“要不是娘生病，没人照顾，我也和你一起去非典前线去降魔！”

娟子也是医院的高级医师，她瞒着老杨报名参加了抗击非典降魔医疗队，今晚就出发。刚巧这几天婆婆的病又复发了，在这节骨眼上她怕老杨不同意她去参战。

出征的专车徐徐开动，老杨徐徐向娟子和同志们招手。娟子从车窗里探出头来，一脸的泪花，她向老杨摇着手，大声喊着："照顾好咱娘啊！——降魔成功我就回来！——"

"都到啥时候了，你还给我绕弯子？难道我还不了解你嘛。去武汉降魔，我支持你！"娟子拉回了老杨的思绪，说，"咱娘我会照顾好的，你尽管放心。我会照顾得比你还要好。"

老杨一下子抱紧了娟子："知我者，我的娟子也。只是辛苦你了。"两人遂热烈地亲吻起来。

走出了家门，再走一段路，老杨拐了一个弯，到了一个山坡上。四周黑漆漆的，他照着手电进了一处松柏掩映着的烈士墓地。这个地方他经常来。

在一处墓碑前老杨站住了，老杨说："娟子，今晚咱们降魔医疗队去驰援武汉，我代你去武汉降魔！等打败了病魔，我再回来看你。"说着张开双臂拥抱了一下娟子的墓碑。

援鄂车队的前面，降魔医疗队的勇士们列队宣誓，声振寰宇！

完毕，队长走过来，一把把老杨从队里拉了出来，说："老杨同志，你不能去！你去了，你卧床不起的老娘谁来照顾？"

"放心吧队长，有我老婆娟子呢。她照顾我娘比我还细心呢。"

"你净说瞎话，什么时候了，你还开玩笑？娟子不是在抗击非典的时候就牺牲了吗？这个你说谁不知道？”队长沉着脸，就差没熊老杨了。

“我没开玩笑队长，我真的没开玩笑。我说的这个娟子是我按照我妻子娟子的性格脾气定制的高智商机器人老婆，她照顾我娘比我还强呢。我已经考验她一个星期了。”老杨说着抹了一下眼泪，又说：“还有我的老邻居们，他们听说我去驰援武汉，都争着来照顾我娘呢。他们说，老杨你只管放心地去吧，你娘就是我们的娘！”

我不是从武汉来的

嘭嘭嘭！大年三十晚上，家家关门闭户。二赖子一家人正在边看春节联欢晚会，边包饺子。忽然响起一阵急急的敲门声。二赖子关小了电视音量，问："谁呀？""我，大龙。"二赖子一愣："大龙兄弟呀，你有事吗？""三年没见哥了，我怪想你的。这不，我刚从外地回来，我来看看你。"

二赖子正琢磨着怎么对付他，只听门外大龙媳妇小声对大龙说："大龙你千万别说你是从武汉来的。"大龙说："我又不傻。我肯定不说是从武汉来，我就说我刚从上海来。"

"快开门呀哥，我给你买了两只符离集烧鸡，还有武汉鸭脖子。这两样东西好吃得很呢！我是专门来送给哥的。"大龙两口子的嘀咕声早被二赖子媳妇听得一清二楚。二赖子又听大龙说"武汉鸭脖子"二赖子的嘴就有些哆嗦了："你就别破费了，大龙兄弟，我家里啥都有。我已经睡觉了。""睡觉了？你睡觉了我就在你门外等着。"大龙又提高声音说，"今天你不开门我就等到明天，明天你不开门，我就等到后天，直等到你开门，我一定要把烧鸡和鸭脖子送给你！”只听屋里一阵子嘁嘁喳喳的声音。是二赖子两口子在商量事。

又过了一阵子，门开了一条缝儿，里面探出了二赖子戴着口罩的半个脑袋。看到大龙，二赖子哆嗦着嘴说：“你往后退，退，退后两米，等，等一会儿。”“行。”大龙往后退了几步，边退边装模作样地说，“哥你这是啥意思呀？”又过了一会儿，门又开了一条缝儿，一个包从里面扔了出来。

二赖子探出半个脑袋，说：“这是我欠你的十万块钱，你把我给你打的欠条放在你脚边那块空心砖下边吧。”

“好来。”大龙答应着，就把二赖子打的欠条放在了空心砖下边。大龙看到二楼窗户上有人在用手机在录像。二赖子嘭地关上了门。

“唉！唉！哥你别慌着关门呀，这烧鸡和鸭脖子得给你。我是专门给你买的呀。你不能亏了我的好心呀！”大龙大声说。

二赖子回了一句：“你还是留着自己吃吧。”大龙和媳妇拿着钱乐呵呵地走了。

三年前大龙开了一个饭店，当时二赖子当村长，掌握着村里的大权，说他一手遮天一点也不为过。村子里的大事小事二赖子一个人说了算。那时候二赖子有事没事天天带着人来大龙的饭店里来吃饭喝酒，吃完饭一抹嘴走人，只记账不给钱。时间长了，大龙受不了了，就去找二赖子要账。二赖子眼一瞪，说：“难道你不想干了！”二赖子话里有话，大龙听出了话里的意思了，和媳妇一商量，再要怕这家伙给咱掐亏吃。干脆算了，他什么时间给就什么时间给吧。在人屋檐下，不得不低头。再后来，二赖子把大龙的饭店吃得关了门。一气之下大龙和妻子一起去了外地打工。

大龙和媳妇正高兴地走着，就见家门口隐隐约约地站着三个人。快走近了，只听一个声音说："是大龙两口子吧？站住！我们等你俩好一阵子了。跟我们走一趟吧。"说着扔过来两只口罩："都戴上口罩，走！"

借着路灯光，大龙看出是新村长王三，旁边还站着两个警察，都戴着口罩和手套。村长说："有人打电话说你们是从武汉来的，疫情期间，凡是从武汉来的都要接受医学隔离观察。"

大龙不慌不忙地从裤兜里摸出车票和暂住证，远远地扔给了村长，说："给，村长，你仔细看看吧，你看看我是从哪里来的。"村长打开手电一看，说："这个二赖子怎么净说瞎话呢，这不明摆着是从上海来的吗。"村长又拿给两个警察看，警察看了，说："真是从上海来的。对不起，对不起，打扰你们了。"警察说着和村长就要走。

"村长你们不能走！"村长他们刚走两步，被大龙叫住了。

"还有啥事？"村长他们愣住了，转过身来，不明白地看着大龙两口子，"快说，我们还有事。"

"这个，给你们。"

"啥？——"

大龙把那个包递给村长："这是十万块钱。"

"大龙你这是啥意思，难道你要让我们犯罪吗？"

“不，不是村长。这是我刚从二赖子家里要的账。”大龙又说，“全国的医生都冒着生命危险去支援武汉，我一个打工的没有别的本事，我想把这十万元钱捐给武汉，给医院添些设备，多救些病人！”

“谢谢你！”“谢谢你大龙！”村长和两个警察都紧紧地握住了大龙的手，久久地不放。

老马和他的邻居们

"二豁子，三花脸，妇联主任……太阳照腚喽！"

太阳刚露脸儿，老马就起来了。他像往常一样，冲着他的邻居们吼了一嗓子。

话音刚落，从周围的空宅子里钻出了野兔，獾猪，野鸡……

村子里的人都走光了，就剩下老马一个光杆司令了。到处长满了荒草野树，各种野物都住进来了。以前这些野物只是晚上才敢出来，后来，胆子越来越大，大白天也敢大摇大摆地出来了。再后来，它们就和老马熟了，老马就给它们起了名字。其实这些名字都是老马以前的老邻居们的名字。

今儿老马高兴，大清早对门搬过来一个老头。老头穿一身红衣服，和老马自来熟："老马哥，我叫老红，以后咱俩就是邻居了。"

一股子怪味从老红身上钻出来，直冲老马的鼻子。老马不由皱了皱眉，心里说，这是什么味呢？

"欢迎你呀兄弟！"老马心想，管他呢，有个说话拉呱的总比他一个光杆司令强得多。

老马的儿子在绵竹城里上班，一年半载也来不了一回。老马早就不指望他了。不想过了几天，儿子却开着小车来了。他看着老马身边的这些活蹦乱跳的野物们，一双眼睛瞪得比牛蛋还要大。他手握成喇叭悄悄对老马说："爸，咱要发财了！……"

老马一听，一瞪眼："兔崽子……你敢！……看老子不剥了你的皮！"

儿子见老马的脸都变绿了，忙赔着笑说："爸，我这不是给你说着玩的嘛，你还当真呀？"

入秋的时候，老马的腿疼病又犯了，不能去河里挑水了。这阵子缸里的水都是老红帮着挑的。可这几天，突然不见了老红。以往老红无论去哪里，他都给老马打声招呼，没听说老红哪里有什么亲戚朋友啊。老马出去也给老红吱一声。哥儿俩就这样相互依靠着，亲如兄弟。可这回老红一点动静也没有就不见了，老马坐也不安睡也不宁。这老红到底干啥去了呢？眼看缸里的水就要见底了，老红再不来，他就得爬着去河里喝水了。

没想到第二天，儿子突然来了，儿子见老马躺在地上，嘴干得裂开了口子，像小孩的嘴，喉咙里呼噜呼噜还有一丝气息，忙趴下问："爸，你怎么啦？"

儿子见老马的嘴干得裂开了口子，知道是渴的，忙从车上拿了水给老马喝了。半天工夫，老马才缓过气来。

看老马缓过来了，儿子神秘地对老马说："爸，我升官了！我用铁夹子抓了一只红狐狸，给我们局长的老婆做了一个狐狸皮毛领子。局长一高兴，就把我提了办公室主任了！"

老马突然明白了为什么这几天不见老红了："王八蛋，你杀了老红啊！"

老马气得嘴唇直哆嗦，带着哭腔说："我就这一个说话拉呱的伴儿呀！……你这个东西丧尽天良啊你……"

傍晚，儿子开着车回城去。这是熟路，就是闭了眼他也能开进城。从老家到绵竹一共一个多小时的车程，可儿子开了半夜，也没能开进城。他觉得不对头，猛一激灵，发现车开到了一个悬崖边上。他吓出了一身冷汗。睁大眼睛看，只见一只红狐狸正威严地站在高高的悬崖上。这个悬崖正是他家东边的那个最高的悬崖，叫红狐崖。

儿子吓得连滚带爬地跑回了家。见老马的床前，老红正在一勺一勺地给老马喂饭。儿子扑通一声跪倒在老红面前……

这时儿子的手机突然响了，是儿子的局长打来的："你这个大骗子，竟敢弄几根狐狸毛来糊弄我的老婆……你被撤职了……"

老红冷冷地笑了。老马也笑了，说："撤了好！撤了好！看来你那个局长也不是什么好东西。"老马又说，"我早就给你说，让你辞了那里的工作到德阿工业园里去上班，多好。你就是不听。"

"爹，这回我听你的。德阿离咱家近，我也可以常回家来照顾一下红叔和你。"

"好！"老马和老红都笑了。老马觉得自己再也不孤单了。

王总的擂台

王总的办公桌上摆了一辆小汽车，每天办公前，王总总是先拿一块细纱布，把他办公桌上的小汽车拿过来，边擦边看。一遍又一遍，擦完再细细地看，看完再细细地擦。直到把小汽车擦得锃亮放光。那认真的样子，就像拿着一个金元宝。擦完才小心地放回原处。然后才开始办公。

一年前，王总走马上任。上任的第一天，王总一走进办公室，什么事都不干，就从包里拿出了一辆小汽车，然后郑重地放在了自己的办公桌上。说是小汽车，其实就是一个小汽车模型。和小朋友玩的玩具小汽车差不多大小。

大家都奇怪，别人办公桌上多是摆一盆绿萝，或一盆吊兰，或一盆兰花什么的。这个王总咋弄个汽车模型摆上呢？

大家没事的时候就在背地里研究王总的小汽车。可研究来研究去，谁也没研究出个子卯丑寅来。王总的小汽车依然安静地放在他的办公桌上。这样，王总的小汽车就成了一个解不开的谜。

大家投来的疑惑的目光，王总早看在了眼里。王总只是装着没看见。仍然每天办公前先拿一块细纱布，擦他的小汽车。一遍又一遍，边擦边看，时而还用嘴噗噗地吹两下。唯恐上边落下半点灰尘。那种忘我的样子，大家看了都在背地里笑，不就是一个玩具小汽车吗，值得天天擦来擦去的吗？有什么看头呢？

一天，碰王总高兴，同事大李笑着问了一句：“我说王总呀，你天天擦你的小汽车，擦得我们的心里痒痒喁喁的，就像被猫爪子抓了一样，怪难受的。你能不能给大家说说你的小汽车的来历呢？”

王总笑了，说：“我早就看出你们对我桌子上的小汽车产生了浓厚的兴趣。你们天天看，也看了很多天了。难道还看不懂吗？”

大家你看看我我看看你，都不好意思地摇了摇头。看来大家都没有什么水平了。

王总说：“要不这样，你们看行不行。今天咱们敞开量地猜一猜，怎么样？我设一个擂台，如果谁能猜中我这辆小汽车的来由和用意，我奖他五千元！好不好！”

“好！大家都欢呼起来。”个个摩拳擦掌，跃跃欲试。

“我先来。”小宋抢了先，“王总的小汽车是王总的‘最要好的朋友’送的，很有纪念意义。所以王总才把它放在办公桌上。”小宋把“最要好的朋友”说得重重的。说着还冲大家挤了一下眼。大家当然都心领神会了，只是不能点出来。

王总笑了笑，摇了摇头，说：“错！你想错了。”

“我来说。”王总的话音还没落地，大张就接了过来，“王总的这辆小汽车是王总的爱人送给王总的生日礼物，所以才当个宝贝天天看，天天擦来擦去的。”

王总又笑了笑，摇了摇头，说：“错！你也想错了。”

“还是我来吧。”老吴是我们办公室里出了名的“智多星”，不管什么事他只要一出手，准没错。

老吴说：“王总的这辆小汽车，漂亮，大气，一副勇往直前的样子。象征着王总带领咱们公司奔向美好的未来！”

谁知，王总听了，又摇了摇头：“错！大错，特错！”

接下来，大家都说了自己的想法和见解。没想到都被王总否定了。这下大家都傻眼了。

王总环视了一下大家，笑了笑，说：“我看你们是李双双死男人——没希望喽。这五千元钱的大奖今天还真的送不出去了。好吧，下面我来提示一下。看还有人能猜出来吗。”

王总拿起那辆小汽车，高高地举起，说：“大家看看，这是一辆什么车？”

“警车。”大家齐声说。

“大家再看一下它的车牌号。”

大家都凑过来看，齐声念：“90487。”

大家你看看我我看看你，还是猜不出来。

这时传达室的老李正在门外搞清洁。老李进来看了看说：“王总，我可以说吗？”

“当然可以了，大家都是平等的。大奖谁都可以拿。”

老李说：“前任老总被警察带走时，我看到警车的牌号就是90487，那辆警车和王总的这辆小汽车一模一样。”

二愣拾骨

薛河乡新建了一座大型水库，很多人家的祖坟碍事，得迁走。国家讲理，迁走不白迁，每个坟头补五百块钱。尽管这样，很多主家还是不愿意迁。那些老坟长满荒草荆棘，都有些年岁了。早年不兴火化，墓里都有尸骨，那东西又脏又瘆人，胆子小的见了夜里做噩梦，都愁着没法儿弄。

二愣是个阴阳先生，听说他胆儿大。夏天敢一个人提着灯钻山入林去照蝎子。林子里老坟的石缝里蝎子多，没人敢去，二愣就专门去坟墓的石头缝里去照蝎子。有人问二愣，你不害怕吗？二愣说，有啥呀？不就是一个土坨堆嘛。

听说二愣祖上很富有，后来家业败了。早先他也有媳妇，后来跟着二愣去赶集走丢了。撒出去好多人到处寻找也没找到。再加上二愣的脾气古怪，想再娶一个最终也没有再娶成，干脆就一个人过了。

那天薛河逢集，二愣在集上出了摊子，放出话说他敢下墓拾骨，不过拾骨不能白拾，单棺五百，双棺一千。

迁坟的主家听说了这事，乐了，五百就五百，一千就一千。主家也不在乎这两个钱，图的就是省心，只要有人愿意干这脏活，就是再加些钱也求之不得，再说国家还补了钱。一时间，二愣成了库区的大忙人，今天这家叫，明天那家请。吃饭去饭店，住店去宾馆，喝着好酒，吸着好烟。吃着喝着拿着，这生意干得。

一天晚上，二愣的手机响了，二愣想，准是又来生意了："喂！你好！哪位？"打电话的是一个男人："你是孙二愣先生吗？我是王村的王二。"这些天二愣的地位确实提高了，都先生长先生短地叫他，"我想给我媳妇迁坟，请您选个吉日，来帮忙拾拾骨头。"

二愣想，真是想啥来啥，果然来财了。什么吉日不吉日的，只要你给我钱，哪天都是吉日："好吧，我给你查一查看看。"二愣装着翻本查阅的样子，只愣了一会儿，就说："巧了，明天就是吉日，就明天吧。"这些天对二愣来说，分分秒秒都是钱，一会儿也不能耽误。

王二媳妇的墓在莲花石北面。王二提着一只红公鸡，把鸡冠子撕破了，殷虹的鸡血一滴滴滴在纸钱上。王二点燃纸钱，砰砰砰对着坟头连磕了三个头，说："媳妇，今天我给你搬新家！"话刚落音，一伙子干活的人就开始挖土。挖完土，墓板打开了，墓里的棺材已烂如泥，仅剩一具白骨，静静地躺着。二愣早已戴好口罩和长手套，拿着酒瓶子，往墓里洒些白酒消消毒。接着熟练地下到墓底，慢慢地开始清理。

一会儿，二愣的手忽然停住了，抬眼看着王二，问："王二，你媳妇的右腿受过伤？看钢钉都长骨头里了。当时伤好后你咋不去医院给她取出钢钉呢？”

王二说：“这个我不知道，只看过她腿上有个伤疤。”

一个干活的伙计说：“王二运气好，半路上拾了个媳妇，他哪里知道这些呀？”

二愣问王二：“你拾的媳妇长得啥样？”

王二说：“长得倒还不错，就是愣愣怔怔的。后来得急病死了。这些年我一直在寻找她原来的丈夫，可找来找去，一点音信也没有。”

二愣说：“人都死了你还找她丈夫干嘛？”

王二说：我一定要找到她丈夫，除非他也不在人世了。”

二愣说：“人家媳妇被你拾到了，你养着，就是你的媳妇了，没必要再找她丈夫吧。”

王二说：“只要我还有一口气，我就一定要找到她丈夫。”

二愣愣了一下，一咬牙，说：“你拾媳妇的时候可是在春天？杏花败了，桃花刚开。对不？”

王二说：“对，是杏花败了桃花刚开。”

二愣说：“你拾的媳妇二十多岁，愣愣怔怔，不大聪明，对不？”

王二说：“对。”

二愣说：“左耳朵上一个肉瘤子，对不？”

王二说：“对。”

二愣说：“右边妈眉（乳房）上长了三根毛毛，对不？”

王二说：“对。”

……

王二懵了，呆呆地看着二愣，说：“我媳妇，你咋知道得这么清楚？”

二愣说：“我就是她的丈夫，当时我领着她赶薛河春会时走丢了，从那以后就再也没有找到……一年前她上山砍柴时摔断了右腿，在医院打了五个钢钉……”

王二说：“我可找到你了，这回你可跑不了了！”

二愣说：“你找我干啥呢？你窝藏了我的媳妇，害得我找了几年都没找到，我还没找你的事呢？你还要来个猪八戒的功夫——倒打一耙不成？”

王二不说话，他从怀里拿出一个布包，哆嗦着手层层打开，露出一块绿莹莹的翠玉，熠熠生辉。

王二说：“这是我拾到她时在她身上发现的，早就想物还原主了，就是没找到你，要是当时能找到你，我连媳妇也还给你了。”

二愣大惊，上来紧紧地握着王二的手说：“好兄弟，谢谢你呀！这是我家祖传的宝贝呀！”

我看你往哪里跑

“村长，村长——”

早晨的太阳光照在村口的“古薛河生态鸡”的巨幅宣传画上，不知哪束太阳光就从那几个大字上反射过来，一下子闪了王呱呱的眼。王呱呱立马闭了眼，丢下手中的镬头，抬起那只黑乎乎的手，揉起她的老眼来。揉揉，睁开，看不清；再揉揉，睁开，还是看不清：“这光真毒呀！”王呱呱揉了半天，眼总算睁开了，她眨巴眨巴，努力地向远处看，总算看清了。哪里还有村长二狗子的影子？“怪了，刚才明明看见村长二狗子站在宣传画旁边，正和一个人说话呢，这一眨眼的工夫到哪里去了？”王呱呱手搭眼罩瞪圆眼珠子四下里搜寻，还是没有村长二狗子的影子。气得王呱呱一跺脚：“这大白天的，真是活见鬼了！”

王呱呱找村长二狗子有要紧的事，这事非得村长亲自办不可，别人是办不了的。他找村长找了好几天了，别说村长的人，就连村长的影子也没见到。

今儿一大早，王呱呱睡不着，就拿把镬头到村口他那块山边子地去刨地边子，她想再向四周围多开点荒，多种些菜什么的。这些荒片荒了真可惜。不想一抬头，就看到村长二狗子正站在宣传画的旁边，和一个人说着话儿。这个兔崽子，我总算找到你了！王呱呱在心里骂道。王呱呱在心里骂着，嘴就冲村长叫了两声："村长，村长！——"谁承想被一道光刺了眼，让村长这龟孙子给跑了。

宣传画旁边是个车站，有等车的，也有送人上车的，人来人往地不断。

过了几天，王呱呱正在那块地里种菜，忽听"嘟嘟"几声汽车喇叭声，王呱呱抬头一看，一辆小汽车停在了宣传画旁边。从车上下来一个人，王呱呱一看，正是村长二狗子。王呱呱不由得一阵欣喜，你个龟孙二狗子，我看你今天往哪里跑？王呱呱今天长了个心眼，她不喊了，恐怕再喊又把村长给吓跑了。

其实上次村长二狗子早就看见了地里的王呱呱了，他嫌王呱呱见了他呱呱个没完没了，烦人。什么该给张三办个低保了，扶贫别忘了李四了……真是咸吃萝卜淡操心。呱呱起来吐沫星子乱飞，没完没了。谁听了都烦得慌，二狗子村长干脆见了他就躲，就像躲瘟神一样。

王呱呱丢下镢头，悄悄地向宣传画旁边走去。刚走到，不想那辆小汽车嘟的一声放了个响屁，忽地一下子跑了。车后甩出一阵烟尘。"又让这个龟孙子跑了！"王呱呱冲着汽车屁股骂了一句，气得他直跺脚。

王呱呱这回虽然没有堵住村长，却掌握了村长的活动规律。她脑子里忽然一亮，我何不给他来个守株待兔。当然王呱呱不知道什么叫守株待兔，她只知道是这个意思，她决定就这么干了。

从那以后，王呱呱有事没事天天扛着个镢头往他的那块地里跑。一等就是大半天，你说怪不怪，王呱呱连着跑了一个星期，别说找到村长了，就连村长的人毛也没见着。王呱呱就想，这个龟孙二狗子是不是在有意躲着我哪？这个东西真滑头。

就在王呱呱就要放弃的时候，让他意想不到的事发生了。

一天，王呱呱正低着头在她那块地里间菜，猛一抬头，见村长正站在她的跟前，吓了她一跳。没见水响，这个龟孙从哪里钻出来的？王呱呱在心里骂了一句。村长冷着脸看着他，说："听说你天天找我，你找我到底有什么事？低保我给你办了，扶贫款给你拿了，上级每次来了东西都有你一份。"村长越说越有气，"你说你找我到底还想干啥？你是不是吃饱了撑的？"

王呱呱被村长问得半天没敢说话，忽然她从裤兜里摸出一个小红本本，抖索着手递给村长。村长看了，说："怎么，你嫌这个低保钱少是不？"

"不，不是村长。"

"那你是啥意思？"

"前几天我领到了'薛河生态鸡'农场的扶贫款，给的钱还真不少。我就一个人，再种点地，够用了。我想把我这个低保本交给你，你可以给比我更需要的人。虽然是国家的钱，咱也不能浪费呀。"

村长听了，站在那儿，定定地看着王呱呱的脸，愣住了。村长像被人施了魔法，定在那里半天一动不动。

粉红色的珍珠项链

这几天，女人好像着了魔，她像被什么东西拉着拽着，她的腿一抬起来就往山下湖珠宝城里去。他自己也不知道为什么，到底是什么东西吸引着她呢?

珠宝城里人真多，有顾客; 有游人; 有操着不同口音的中国人; 也有不同肤色的外国人。很是热闹。这些她都没工夫去看，她穿过熙熙攘攘的人群，径直走进了那个叫“山下湖阿珠珠宝商行”里。到了以后，她轻轻地舒了一口气，静静地站在柜台前，看那个叫阿珠的女孩儿摆货卖货。

女孩儿卖的珍珠饰品真多。有项链，有手链，有脚链……有白色的、 粉红色的、淡黄色的、淡绿色的，还有淡蓝色的……真是应有尽有。最惹眼的是摆在柜台正中的那款粉红色的珍珠项链，在灯光的映衬下，熠熠生辉。真漂亮！女人看着，还不时地指着各种款式的项链向女孩儿问这问那。女孩儿来了生意，女人就站在旁边看着女孩儿，看着女孩儿的时候也看着女孩儿经营的珍珠饰品。女孩儿不忙的时候，女人就和女孩儿拉呱儿。和女孩儿拉呱的时候，女人脸上满是笑意，一脸幸福的样子。不知道的还以为她们是娘儿俩呢。

女人要离开女孩的时候，女孩儿还看出女人一副恋恋不舍的样子。

这几天这个女人天天来，这使女孩儿很是想不通，山下湖珠宝城这么大，卖珠宝的这么多，为什么这个女人偏偏到她这里来呢？她想干什么呢？女人说是来买项链的，可是她天天光看不买，从来没花过一分钱。今天是第三次了，她到底要干什么呢？曾有几次，女孩儿想试着问问她，但话到嘴边又咽了回去。

女人站在柜台前，看看这个问问那个，问得最多的是那款精美的粉红色的珍珠项链。

女人问女孩儿的年龄，问女孩儿的生意，问女孩儿的生活，也问女孩儿家庭，还问……该问的不该问的她都问一问，问得女孩儿心里有些烦，女孩儿又不好意思拒绝她。女孩儿想，这个女人不会脑子有毛病吧？可是看她的文雅举止，看她的着装打扮，又不像有病。但从她时而微皱的眉头，却又像藏着什么心事。女孩儿有些烦，可女人一脸慈爱满眼温情，把女孩儿那点烦躁情绪融化了，化没了。女孩儿很礼貌地和女人耐心地聊着。女孩儿看得出，女人和她聊天很开心。眉头舒展开来，就像和自己的女儿拉呱儿。

第四天，女人又来了。看见女孩儿，女人老远就笑着和女孩儿打招呼："闺女，你好！阿姨又来打扰你了。"

女孩儿也和她打招呼："阿姨，你好！欢迎光临！你看你说到哪里去了。”女孩儿嘴上这么说着，心里却不太高兴。

今天女人好像很高兴，和女孩儿说了很多话，和女孩儿说话的时候，她让女孩儿拿来那条精美的粉红色的珍珠项链，她把项链拿在手里，然后贴在胸口上，像得到了一件宝贝，用手紧紧地捂着，又好像怕被人抢去似的……然后从兜里拿出钱包付了钱。女孩儿看不懂女人的举动，只对女人说了一声：“谢谢你阿姨！”

这时，女孩的手机响了，女孩转过脸去忙着接手机。接完手机，女孩发现那个女人不见了。女孩一惊，她不会趁机偷了我的东西跑了吧？以前别人吃过这样的亏。女孩踮起脚尖瞪大眼睛满珠宝城里寻找那个女人，哪里还有女人的影子。女孩儿恨自己太粗心大意了，太轻易相信别人了。女孩儿仔细地检查了自己柜台里的货，发现并没有少什么东西。女孩儿又仔细地检查了一遍，确定没少什么，这才轻轻地舒了一口气。一转脸，却发现那个付了款的粉红色的珍珠项链静静地放在柜台的一角，一个不显眼女孩又容易看得见的地方。女孩儿愣了，这是怎么回事？难道女人忘记拿了？她又没买别的东西，就买了一款粉红色的珍珠项链，怎么会忘记了呢？女孩儿拿起那个粉红色的珍珠项链，见项链下面压着一张折叠得很好看的纸，女孩儿小心地取开那张纸，见纸上写着几行娟秀的小字：闺女，你长得太像我女儿了……我女儿的名字也叫阿珠。她是一个兵，一年前，她在一次抗洪救灾中牺牲了……谢谢你这几天陪我说话……对不起，阿姨打扰你了，这款粉红色的珍珠项链是我女儿生前最喜欢的，阿姨就送给你了，请你收下……阿姨这次来美丽的山下湖旅游，真的没有白来呀……

女孩儿的眼就有些潮湿了，女孩儿犹豫了一会儿，按照纸上留下的手机号码打过去。通了，通了，女孩儿一阵欣喜："阿姨，我是阿珠，我……我……我能叫你一声妈妈吗？……"

◀ 挂在墙上的妈妈

大学毕业，我留在了城里工作。一天，我和朋友从三礼堂选购了几款瓷筷出来，边走边谈论着三礼堂瓷筷的质地和精美的做工。忽听后面有人喊："美女，你们的手包丢了。"我回头一看，见是刚才那个给我们介绍瓷筷的男服务生在叫我们，他帅气地笑着，手里举着一个手包。

"谢谢你！帅哥！谢谢你！"我感激地说。原来刚才我们选购瓷筷时我把手包丢在里面了。

"不用谢，这是我们三礼堂人应该做的。欢迎美女以后常来！"

"一定，我们一定会常来的。"说着话我感觉我的脸有些热辣辣的。

后来，我就常常带朋友们去三礼堂选购瓷筷。并且知道了那个帅气的男服务生叫大勇。慢慢地我和大勇就成了好朋友。再后来，我们成了恋人。

一天，大勇对我说："玲玲，我想带你回老家去见见我的妈妈，你愿意吗？”

我说：“好呀。”

见我答应了，大勇又不好意思起来：“我家在北方的一个山旮旯里，那个地方很穷，我出来好几年了，一直没有回家。”大勇说着叹了一口气，显得有些愧疚的样子，“我父亲走得早，家里就我妈妈一个人。我出来时全村还没有一部电话，到现在也不知道我的妈妈怎么样了。”

我说：“你几年都不回去看看你的妈妈，也不往家里打个电话，你这个儿子是怎么当的？”

大勇的脸一阵子发红，吭哧了半天，说：“我家太穷，我想出来混出个人样来，然后再回家。”

大勇说了地址，我听了不由一愣，接着就高兴了：“原来是石头部落呀，这个地方几年前我就去过，我还在那里认了一个妈妈呢。这几天我正想动身去看看她老人家呢。这下可好了，正好一同去。”

大勇高兴了：“原来你去过那里呀，太好了。”

别人都叫我“王大胆”。高考后的一天，我一个人去石头部落探奇，在半山腰，我的脚一下子踩空了，头撞在一棵树上，晕了过去。

等我醒来的时候，我发现自己斜躺在一个低矮的石屋里，一个老妈妈正在给我喂水。

“你可醒了，闺女！”

“这是哪里呀？”我努力搜寻着记忆。

“这是石头部落呀！闺女。我下山时发现了你，就找人把你背了回来。你被雨水浇透了，烧得好厉害。”

“谢谢你，老妈妈！”我支起身子，“谢谢你救了我！”

“躺着吧，闺女，别起来。我给你熬点草药，喝了就好了。没大碍。”她把我轻轻按在床上。那手轻柔得像我逝去的母亲的手。

“我的儿子和你差不多大，他嫌家里穷，几年前出走了，一直没回来，也没啥音信。”老妈妈喋喋不休地说着。

只几天时间，我和老妈妈相处得就像一家人了。

临走的时候，我突然跪下喊道：“妈妈，我走了。”

老妈妈抹着眼泪高兴地点了点头，大声说：“闺女，有空常来妈妈这里玩啊！”

后来，我上了大学，就一直没时间再回石头部落看看老妈妈……

到了石头部落，我和大勇傻眼了。我们怀疑走错了地方，只见家家住两层楼房，原来的破旧房子没影子了。

大勇找不到他的家了。我也找不到老妈妈的家了。

我说：“大勇，咱们分头找吧。”

突然，我大声喊道：“大勇，我找到家了。”

听到我喊，大勇噌噌噌地跑过来。突然，他大叫了一声：“妈妈！——”

只见一栋楼的墙上，挂着一幅画，画上画着几年前的那个家：石屋，石墙，还有慈祥的老妈妈……

“孩子们，你们可回来了！”听到喊声，老妈妈从楼里出来了，满脸挂着泪花，“我怕你们找不到家，拆房之前就请人拍了咱老家的照片，放大了，挂在了咱楼的墙上。”

“原来你几年前认的那个妈妈就是我妈妈呀！”大勇高兴地捶了我一拳。我们三个人紧紧地拥抱在一起。

大勇说：“这一切都是缘分呀。”

其实大勇哪里知道，那次在三礼堂丢失手包，我是故意考验他的。当时我就看上了他。

“妈妈，咱家乡的变化咋这么大呀？”我好奇地问。

“这多亏了‘三礼堂’的大老板，是他捐款帮咱们村建的新村，听村长说，他是一个造瓷筷的大商家呢。”

听了妈妈的话，我和大勇都惊得张大了嘴——“啊！三礼堂真棒！”

河长李三

李家祖辈以捕鱼为生，李三他爹年岁大了，拉不动渔网了，李三就接了爹的渔网。

以前，李三他爹喜欢在北河里捕鱼。北河里水深，河两岸工厂林立，脏水垃圾全排进河里，河里的鱼吃了垃圾，吹气似的疯长，条条肥嘟嘟的，拿到集市上一会儿就被抢光了。

开始，李三和他爹一样，也在北河里捕鱼。后来，李三就不在北河里捕鱼了，改在南河里捕鱼了。他爹见了，就指着李三的脑袋瓜子说："你这个傻瓜蛋，是不是脑子进水了。北河里的鱼肥，拿到集市上好卖。南河里的鱼瘦，拿到集市上没人要。你连这个都不懂，你还逮个啥鱼呀？"

李三听了爹的话，笑笑，啥也不说。又把小船摇进了南河里。南河也叫古薛河，发源于东部高山，河水清澈，两岸没有厂矿企业。据说曾经有几家企业想在南河两岸安家落户，被乡领导挡了回去，乡领导说："南河是百姓的吃水河，百姓吃水是个大问题，这可不是闹着玩的。人民群众的利益高于一切，谁再有本事再有后台，也不能来这里污染。"

南河里的鱼瘦，拿到集市上不好出手。这个李三知道。不过李三卖鱼和他爹不一样。他爹是打了鱼然后去薛河大集上散卖。李三不这样，无论他打的鱼多与少都不散卖，他只卖给一个主顾。李三家里装了电话，兜里装着手机。手机是智能的，有微信，能视频。李三白天接了主顾的电话，天傍黑就把小船摇进南河里，然后布网下网。天刚蒙蒙亮，李三就把小船摇进河里，然后起网。他把大鱼留下，小鱼全都放生。有用的鱼留下，没用的鱼放生。比如，主顾要几条黑鱼，李三就把其他的鱼全部放掉，只留下几条黑鱼。然后手机拍照，用微信发给主顾供其选择。主顾选择完，李三就把多余的鱼再放进河里。如果主顾要几条草鱼，李三就留下几条草鱼。等主顾选择完，李三就把多余的鱼全部放生。李三说，凡事不能做绝。只有这样，才能天天有鱼逮。

有时主顾突然打来电话急着要鱼，李三知道主顾家里肯定来贵客了。这时，李三就忙前爪子了。就得把渔网立马全都下到河里，然后拿赶鱼绳子满河里赶鱼。这样就太急慌，有时还逮不到合适的鱼。后来，李三多了个心眼，他在家里做了一个鱼池子，逮了鱼，就放进鱼池子里先养着。等主顾要时，他就从鱼池子里抓了鱼直接送去。哈，这个主意还真不错。

正当李三庆幸自己点子高时，主顾打电话来了，主顾说：“我少给你钱了还是咋地？拿养的鱼来糊弄我？”李三一惊，这主顾的嘴咋这么厉害，这鱼才养了三天他就能吃出来。从那以后，李三仍然像原来一样，先接了电话，然后再去河里下网逮鱼。他不能得罪这个主顾，他不能自己砸了自己的饭碗。

李三逮鱼的同时也顺手清理一下河里的污物，有人见了，就跟他开玩笑说："李三，看来上头给你封官了，人家当局长、县长你当河长了。"李三听了，脸一红，然后就笑笑，啥也不说。可是后来，李三的河长竟被人叫起来了。

李三媳妇见周围的人打工都富了，就对李三说："散了吧，别再逮鱼了，你逮一辈子鱼咱们得穷到老，改行吧。"

李三说："不行呀，不逮鱼这南河怕是又要脏了，咱们沿河的村民就吃不到干净的水了。"

这话李三媳妇听不懂，她指着李三说："别人叫你河长，你还以为你真是河长，也不嫌丢人现眼。别人挖苦你你都觉不着，真是个榆木疙瘩，两头不透气！"李三媳妇喋喋不休地说着，"我就不信，离开你李三地球就不转了，河水干净不干净和你逮鱼有啥屁关系呢？"李三好像没听见媳妇的话，笑了笑："女人家，头发长见识短，你懂什么？"说着话又把那条小船摇进了河里……

不久，李三就在乡里的一个要害部门当上了临时工，官虽然不大，却很有实权。

一天，有一个人悄悄跟着李三进了镇上的一个小区，见李三提着鱼进了乡长家。原来，乡长一家人只喜欢吃南河里绿色的野生鱼。

偶遇美女小偷

我把包忘在家里了，就回家里去拿。打开门，我愣住了，一个漂亮女人正坐在我家的沙发上喝饮料。看到我，女人腾地站了起来。奇怪，我的眼与女人的眼只对视了一下，我的腿就哆嗦个不停，站在那里一动不动了。看到我紧张的样子，女人反而镇定下来，她朝我笑了笑，说："不用怕，我不是便衣警察，我只是一个小偷。不过我并没有拿你家的一针一线，只喝了一瓶饮料。你就当家里来客了。"

小偷边说边踱着步子，俨然成了屋子的主人，看来她是个老江湖了："我就不明白了，我偷了那么多家当官的，从来没有落空，唯独你家让我失望了。你家里连一件值钱的东西都没有，我就不明白你这个官是怎么当的？"

看小偷没说别的，我的心放下了。我故作镇定，敞开了我的破锣嗓子，对小偷说："这就是很多人都进去了，我仍然没进去的原因。难道你不怕我报警吗？"

小偷扑哧一声笑了 "我偷的都是贪官，到现在还没有一个敢报警的。如果你敢报警，你就是第一个敢吃螃蟹的人。但是我只喝了你家一瓶饮料，并没拿你家的什么东西，值得你报警吗？”

我被这个漂亮的小偷逗乐了，我敢说她走在大街上，谁也不会相信她是一个小偷。我想劝她一下，就说：“你长得这么漂亮，干什么不好，非得干这个？”

小偷脸沉了一下，说：“我以前也是好老百姓，后来被一个官逼得当上了小偷。”

小偷的眼迷离起来，接着，讲起了她的故事：“十五年前，我还是一个少女，我被一个官糟蹋了，从此，我就和官结下了仇。那个官后台很硬，不久就调到了别处，再也没见他露过面。于是我就拜师学艺，我不光学精了武术，还学会了做了小偷，专偷当官的。我边偷边寻找我的仇人，我要让他付出他应该付出的代价。我的刀子天天磨，磨坏了一把就再找铁匠打一把，直到现在我还没有找到他。”

我的心一震，小偷还想说什么被我打住了：“你看有什么可拿的，随便拿点走吧。”我拿了包转身就出了门。

我在前面走着，无意中一回头，见那个小偷远远地跟在我后面。我的心一紧，完了，被她盯上了。难道……我越想越怕，我决定甩掉他，于是我加快速度，七拐八拐，我灵巧得像一只猴子。再回头，她还跟着。这下麻烦了。我想报警，但犹豫了一下又改变了主意。我一闪身进了一个院子。

等我从那个院子出来的时候，我发现那个小偷不见了。我松了一口气。

几天后，当我再次出现在这个院子里的时候，我惊呆了，那个美女小偷也在这里。我想，这下彻底完了。想走也来不及了，干脆心一横，随她去吧。这样想着我胆子就大了起来：“美女，真是缘分呀，想不到在这里我们又见面了。”

我看桌上放着一沓钱。他看我疑惑的样子，就说：“我偷的钱全都帮助了穷人，包括这个特困家庭。”

我呆呆地看着她，她也看着我：“上次我一打眼看，你好像就是那个坏官，所以就跟上了你。现在看来，我看错人了，世界上长得一样的人多得是。这些年我做小偷的目的就是为了寻找他，我天天想着报仇……我现在才知道你一直在资助这家特困孩子上学，并且从这里我还知道你资助了五个贫困孩子上学，从来不肯留姓名。你是一个好官，我错怪你了。”

我忽然觉得脸热辣辣地疼。我调到这个城市十五年了，一直在洗刷我的罪……可是此举怎能抵彼罪呢？——一次车祸我的脸动了大手术，嗓子也变成了破锣嗓子。现在的我已不是原来的我。

我突然给小偷跪下了：“我就是你要找的那个仇人……我被良心煎熬了十五年……快拿出你的刀子，动手吧！”我眼一闭。

“看刀！”小偷话音未落，嗖的一声，一股凉风从我的头顶飞过。

“哈哈哈！”小偷冷笑着，从地上捡起一撮头发，放在手心，噗的一声吹散了。那是我的头发。我的后背不禁一阵阵发凉。

“大仇已报！其实那天在你家，你一转身我就知道是你——你耳朵上的那个豁子把你出卖了。”

陈老六

响马岭上，给东家耕地的几个穷小子们歇了牛，几个人就围在地头上，呼哧呼哧地吃饭。去年歉收，今年春长，薛河城乡又闹鬼子，穷人家里大都吃不饱。给大户耕地能管个肚儿饱就谢天谢地了。

东家赵金斗手持精巧、别致的手杖，拈着几根稀疏的山羊胡子站在岭上，他的目光越过薛河古城墙，看古城鬼子兵营里的鬼子进进出出，边看边和穷小子们拉呱儿。

响马岭下，陈老六正在挖野菜。饭菜的香味顺着山风从响马岭上飘过来，就勾住了陈老六肚子里的馋虫子。陈老六就停了挖野菜的手，咂巴着嘴咽着吐沫远远地看。

赵金斗看见了，心里不由一阵发酸。他老远就给陈老六打招呼："哎——陈老六，你来帮我耕地，我管你和你爹天天吃个饱！"

赵金斗听说陈老六的饭量很大，他一个人一顿能吃几个人的饭，还能喝一大锅汤。家里被他吃得上顿接不了下顿，亲戚邻居都不敢让他上门。

陈老六听了赵金斗的话，飞也似地跑回了家。他扔掉了篮子，也不管野菜撒了一地，上气不接下气地对他爹说："爹，咱去赵金斗家吃饭吧？"

爹听了，瞪了他一眼："你说啥？去赵金斗家吃饭？你是不是疯了？咱一没牛二没骡子，赵金斗家的饭能让咱穷人白吃？"

"我让你去你就去，你只管跟着我去就行了！"

爹知道陈老六虽然老大不小了，但还是不大懂事，就知道吃。就吓唬他说："不行，我看赵家大院里常有鬼子出出进进，要是被鬼子逮住就回不来了。"

"别人都不怕，咱怕啥？"陈老六认准的理儿九头牛也拉不回来。

响马岭上，人家三头牛拉一张犁。陈老六一人拉一张犁，还把人家远远地甩在后面。人家三头牛耕多少地，陈老六爷儿俩也耕多少地。

岭上岭下干活的人都看傻了眼。赵金斗也看傻了眼："乖乖，这小子不会是水牛托生的吧？"

赵金斗就对陈老六他爹说："老六在你家，你管不饱他的肚子，委屈他了。让老六到我家里来帮我干活吧，我让他天天吃香的喝辣的。"赵金斗又说，"放心吧，我不会让他拉犁耕地的。"

一天，宪兵队长小野带着一队鬼子咔咔地进了赵家大院，东家赵金斗躬身相迎："太君，请！——"

小野这次来是要赵金斗给他推荐一个巡逻队队长，赵金斗就把陈老六指给小野看。小野一看陈老六人高马大铁塔一样，乐了。小野奸笑着拍着陈老六宽宽的肩膀说："你的，好，大大的好，巡逻队队长的干活。”

“谢谢太君！谢谢太君高抬！”陈老六笑着应和着。跟着赵金斗混，陈老六长了很多见识，也学会见什么人说什么话了。在赵家大院里，陈老六觉得自己长大了。不久，对门的三丫头看上了陈老六，和他定了亲。

大街上，陈老六的巡逻队耀武扬威，招摇过市。路人看见都远远地躲着走。

街边蹲着一个卖梨的老头，陈老六连瞅都没瞅老头，就抬起一只脚踩在了梨筐子上，顺手拿起一个梨来，抛起又接住，把玩着反正地瞅，看看没有虫眼子，就呵哧咬了一口：“啊甜，真他娘的甜啊！”

巡逻队十几个兵都围上来吃。陈老六呵哧呵哧地吃完，点一支香烟叼在嘴上，剩空烟盒子在手里把玩着。

眼看一筐子梨就要被兵们吃完，卖梨的老头可怜地乞求陈老六：“老总，行行好，给点钱吧，我家里老的老小的小，还等着买米下锅呢。”

“老东西，老子吃你的看得起你，还想要钱，做梦吧！”啪！那只空烟盒砸在老头脸上，又飞起一脚踢翻了梨筐子，剩下的梨咕噜噜地滚了一地。

“哈哈哈哈！……”巡逻队扬长而去。

卖梨的老头默默地拾着地上的梨，趁人不注意，他把那个空烟盒子拾起来，藏进了怀里。

“这不是陈老六吗？”

“听说上集三丫头去城里赶集被几个鬼子糟蹋了，他还替鬼子卖命？真不要脸！”

“什么东西，他还是人吗？”

“赵家大院 怎么就养出这么个东西来？”

大街上说什么话的都有。

晚上，薛河城里鬼子的兵营里忽然响起激烈的枪声。鬼子兵营像蚂蚁炸了窝，火光冲天。劫狱的游击队边打边顺着城墙根儿往城门口撤。

小野带着一队鬼子兵，边追边可着嗓子对守城门的鬼子兵大叫：“快放城门！快放城门！放走了游击队统统地死了死了的！”

咯吱吱，咯吱吱……眼看着城门就要落下。

忽然 一个人影跃过去，一下子扛起了就要落下的城门。

哒哒哒，哒哒哒……鬼子的机枪疯狂地扫向城门。

城门下，陈老六咬着牙黑塔般地立着，用肩膀托着城门，像一头威武的水牛。血染红了城门和城门下的土地。

鬼子和巡逻队都看傻了眼。

冲出城的游击队远远地在响马岭上立住了。赵金斗、卖梨的老头带着游击队还有耕地的穷小子们，以及被救出的八路军首长，都抬起右手，啪啪地向城门敬礼。

赵金斗泪流满面地冲城门跪下了：“我的儿啊……”

陈老六他娘以前是赵家大院的丫鬟，被赵金斗的大老婆发现了，就被赶出了赵家大院。这时，她才发现自己怀孕了。

媳妇，给我报仇

赵根旺喝了两瓶百草枯（一种除草剂）。赵根旺喝了两瓶百草枯是他媳妇最先发现的。

中午，根旺媳妇从地里干活回来，进门见赵根旺躺在院子里的屋檐下，口吐白沫。身旁放着两个空农药瓶子。根旺媳妇就知道根旺喝农药了。

根旺媳妇没命地喊了一声："快救命呀！根旺喝农药了！"

听到呼救声，左邻右舍的邻居们呼啦一下子都出来了。

"赶快去诊所！"

根旺媳妇背起根旺，前面有人扶着，后面有人托着。飞也似地向二狗的诊所跑。后边还跟了一伙子人，有人没忘记拿了根旺喝农药的空瓶子。

二狗看了看赵根旺，又看了看喝空了的农药瓶子，摇着头说："喝了这种农药，神武艺（本事）也没法子救，喝一个完一个。回去准备后事吧。"根旺媳妇扑通一下子给二狗跪下了："只要你能救根旺，你要啥都行！"二狗皱着眉头说："你就是给我一座金山银山，我也救不了！"二狗又说："喝了这种药，你就是到了北京上海的大医院，也救不了！”

这下根旺家像炸了锅，根旺媳妇带上家人，操起家伙，杀气腾腾地围住了三歪头的农药店。根旺媳妇打头阵：“三歪头你个老绝户头！你为啥把药卖给根旺？你这是专报私仇！你是故意杀人！你是杀人犯！今天你说不清，我把你的店砸平了！”

三歪头坐在农药店里的硬木沙发上，没事人一样，跷着二郎腿，边抽烟边喝茶，好像啥事没发生一样。连瞅都没正眼瞅根旺媳妇等人。三歪头端起小茶杯又呷了一口茶，然后向后晃了一下他的歪脑袋，说：“怎么地，我是开店的，即开店就不怕大肚子汉，谁买我都卖。别说买两瓶，就是买两火车我也卖！我又不是硬往他根旺手里塞的。是他自己愿意买的。”

根旺家和三歪头家有老仇。三歪头家成分不好，当年根旺的爷爷带头把三歪头的爷爷斗得半死。要不是有人救，三歪头的爷爷就死了。

三歪头的话激怒了根旺媳妇：“砸！都给我砸！——”根旺媳妇母老虎一样咆哮着。

众人（根旺的叔兄弟堂兄弟等人）操着家伙呼喊着围上来。“砸！”“砸！”“太嚣张了！砸！”

突然，三歪头站起来，从货架上拿了一瓶百草枯，一下子拧开了盖子，他瞪着众人大声说：“谁再往前一步，老子就死给谁看！信不信？”说着将瓶口放到了嘴边。冲到前边的人吓得直往后退。根旺媳妇早红了眼：“三歪头有种你就喝！你吓唬谁？不喝你就是你外姥爷的种！”

三歪头冲屋里大吼了一声："老婆子，给我报仇！——"一仰脖子将一瓶百草枯喝了个精光。众人见要出人命了，哗地一下子都跑光了。

出奇的是根旺被人弄到镇医院里灌肠洗胃并没有死，三歪头没灌肠洗胃也没死。有人说："这种药毒性慢，喝了一时半会儿死不了。等肚子里的肝花肠子那一套家伙什儿慢慢地烂完了，人就死了。看样子得个十天半月的。得受不少罪呢。"

"鹿寨村的四神仙和儿媳妇打架，一生气喝了百草枯，折腾了十二天才死，受的那个罪呢，哎！不能提。"

等待的滋味是难熬的。十三天过去了，根旺没有死，根旺不光没有死，反而比喝药之前还精神了许多。三歪头也没有死。

又过了几天，根旺媳妇带着一家人突然又围住了三歪头的门。又是根旺媳妇打头阵。到了三歪头的农药店门口，根旺媳妇带头，扑通一声给三歪头跪下了："三兄弟啊，我对不起你了……"

三歪头还是坐在农药店里的硬木沙发上，没事人一样，跷着二郎腿，边抽烟边喝茶，好像啥事没发生一样。连瞅都没正眼瞅根旺媳妇。三歪头端起小茶杯又呷了一口茶，然后向后晃了一下他的歪脑袋，平静地说："妖精和人不一样，那天根旺来我这里买药，问我什么药最厉害。我说，百草枯最毒，打地里的草，一棵也不剩。他说给我拿两瓶。我猛一打眼，见根旺的脸色不对头，心想，这家伙不是要寻死吧？我就随手从货架后边拿了两瓶百草枯给他了。凡是想死的人你就得让他尝一次死的滋味。就是这次我不卖给他，他还会去别处去买。所以我自配了这种'喝不死'，专卖给那些想寻死的人。”

根旺媳妇和根旺一家人跪在地上不起来，磕头如捣蒜。根旺媳妇鼻子一把泪一把地说：“谢谢你三兄弟，谢谢你救了俺家根旺！是俺错怪你了，俺不是人！你别跟俺一般见识。”

三歪头出来，把根旺媳妇扶起来：“嫂子，快起来。也怪我没给你说，当时那个情况，你正在气头上，我就是给你说，你也不相信呀！”

爸爸的蜕变

我在超市里上班，不过超市老板从来不发给我工资。我很大度，从来不在乎，也没追着向老板要。照样每天来上班，风雨无阻。

一天，我正在上班，只听身后一个稚气未退的声音喊："爸爸爸爸！"

我左右地瞅瞅，附近只有我一个男人，不会是喊我的吧？一个小女孩扑闪着一双黑葡萄似的大眼睛正天真地看着我："爸爸爸爸，你怎么在这里呀？我可找到你了。"还真是喊我的。我被叫懵了，我还没有结婚，哪来的女儿呀？

见我没动，小女孩就丢了妈妈的手，飞快地朝我跑过来，一把拉住我的手，看着我的脸："爸爸，爸爸！"

后面一个女人走过来，一把把小女孩拉过去，说："倩倩倩倩，你认错人了。"女人朝我讪笑了一下，说："对不起，不好意思。"

女人要拉小女孩走，小女孩就是咧着身子不走，嘴里喊着"爸爸爸爸，我要爸爸"。女人拉着小女孩，小女孩回头看着我，咧着身子还是不走。女人没办法了，干脆就抱起小女孩，飞快地走了。

几天后，在另一个超市里，我又被那个小女孩认了出来："爸爸爸爸！”小女孩喊着喊着就丢了妈妈的手，飞快地朝我跑过来，紧紧拉住我的手，喊：“爸爸爸爸，我可找到你了！”

我笑着看着小女孩和她的妈妈。看来小女孩真的认错人了。女人看着我，也笑了：“真巧呀，在这里又遇到你了。你长得太像孩子他爸爸了。”

女人长叹了一声，低声说：“这段时间，孩子想爸爸想迷了，天天缠着我到超市里去找爸爸。自从上次见了你，她就认定了你是她爸爸了。为了避免再见到你，我故意带着她来了这家超市买东西，没想到又遇到了你。真是缘分呢。”

我问：“孩子的爸爸呢？”

女人低声说：“他爸爸是个超市保安，一年前的一天，一个戴长帽檐帽子的蒙面小偷偷一个顾客的钱包被他抓住了，一伙子蒙面小偷就围上来，一场惨烈的搏斗，他受了重伤，送到医院抢救，没想到没救过来，他只有二十八岁……”

我怔住了，看着眼前这个可爱的小女孩，和女人那满是泪水的脸。愣了半天，我犹豫着低声对女人说：“嫂子，你看，我，我能做孩子的临时爸爸吗？”

女人看着我，拿手抹了一下眼泪，点了点头，说：“兄弟，那太谢谢你了。”我弯腰抱起了小女孩，说：“宝贝，想爸爸吗？”小女孩眨巴着眼睛看着我，拿手摸着我的脸，摸着我毛拉拉的胡子，说：“想，我天天想爸爸。聪聪（小女孩的邻居）说我爸爸死了，我就知道她是骗人的，我才不信呢。”

我的心里一阵子发热，我抱紧了小女孩，就像抱着我的宝贝女儿一样。我说："好孩子，爸爸也想你呀，先跟妈妈回家好不，爸爸还要上班呢。"我说着只觉得眼里有热热的东西在眼眶里打转。

一转眼我看到了超市那个滚动的大屏幕，那上面正在播放着一则招工信息：本卖场急招收保安一名，条件是……"

我把小女孩放到女人的手上，对女人说："你们先回家，我还有些事。"又对小女孩说："倩倩，乖。先跟妈妈回家，爸爸要去上班呢。"

辞了小女孩和她的妈妈，我走到一个没人的地方，打了一个电话："喂，山猫吗？"

"你说，大哥。我听着呢。"

"当初咱们喝鸡血酒拜把子的时候，咱们是怎样讲的？"

"一切听从大哥调遣！否则，天打五雷轰！"

"好，传我的命令，从现在开始，咱们散伙。回去该干嘛干嘛……"

我是另一个偷盗团伙的头头。打完电话，我挺了挺腰杆，向超市招工部走去。

一年后，我转正了，我成了那个小女孩的爸爸。

我的传奇

我喜欢旅游。先前，老婆一见我要出去旅游，气儿就不打一处来，她指着我的额了盖子，就像指着小孩子一样，说："你这个人哪，大人不大人孩子不孩子的，整天就知道玩！玩是当吃还是当喝？嫁给你我算是倒了八辈子霉了！"老婆说着话，拿着个工具就去下地干活去了。

后来，我再出去旅游，老婆就不指我的额了盖子了。不光不指我的额了盖子，还问我，这回去哪里旅游？得几天回来？别忘了拿身份证，还要带几件厚衣服，天气说变就变……絮叨个不停，什么都给我想到了。还忙着给我装包。就好像不是我出去旅游，而是她出去旅游一样。我就想，老婆这是怎么了？太阳打西边出来了呀？有了老婆的支持，我就更想出去旅游了。

一天，我旅游回来，人进了家门，心还沉浸在旅游的快乐中没回来。等我转过神来，忙喊："老婆老婆，我回来了！"

没有人答应。大门开着，屋门也没关。怎么没人呢？我忙放下旅游包，满院子满屋里寻找，旮旮旯旯都找了，哪里也没有老婆的影子。我就去问邻居七婶，七婶这几天光在地里忙了，没在家。七婶指着我的额头骂："你个憨熊，就知道在外面玩。我整天提溜着你的耳朵哆嗦，不怕贼偷就怕贼惦记。我的话你只当耳旁风。怎么样？这回被人算计了吧。"

我苦笑了笑，说："这个没办法，不是我的留也留不住的，是我的赶也赶不走。野鸡是留不住的，早晚得飞走。"

后来听人说我老婆被外乡一个算卦的男人给拐跑了。那个男人很钻机，趁我出去旅游不在家，经常来我村里，装着给人家算卦，给我老婆拉呱儿，还给我老婆买好多好吃好喝的东西。

我老婆被算卦的给拐跑了，我家里就没有什么可挂念的了。我想什么时间出去旅游，就什么时间出去，说走就走。

一天，我去了溧阳南山竹海。早就听说这溧阳南山竹海有很多传奇故事，说不定我还能遇到什么传奇呢。或者遇到什么红颜蓝颜什么的。我正这样想着，忽然看见前面竹林里一个老人歪倒了，我就走过去。见老人浑身哆嗦，口吐白沫，看样子得了急病。我急忙拨打了 120。不一会儿，120 拉着警报开来了。我帮着把老人架上车，随车的大夫问："谁是病人家属，上车走。"我说："没有病人家属。"大夫说："打电话的跟着去吧。"这真是多一事不如少一事。没办法，我只得跟着去了。

到了医院，给老人做了急救。我看老人好多了，就拿老人的手机给老人的家里人打电话。电话通了，是一个女人接的，女人是老人的闺女。我简单地给女人说了老人得病和施救的过程，女人对我千恩万谢。没多大一会儿，女人就来到了医院。我把老人交给了女人，就要走。女人拉住我，要了我的手机号，并让我记下了她的手机号码。我心里有些打鼓，不知道这是福还是祸，无论如何，反正我干得没错，瞎子放驴，随它去吧。

没多大会儿，女人就加了我的微信。女人在微信里又说了好多客气话。这让我倒有些不好意思起来。以后的日子里，女人天天和我拉呱儿，我知道了女人的名字叫香兰，和她老公离婚一年多了，一直住在娘家。女人和我无话不谈，没多久，我们就成了好朋友。

不想过了几天，香兰来我家里了。那天，我正在计划着下一次去哪里旅游，忽听咚咚的敲门声。我开门一看，不由惊呆了："香兰，你怎么来了？"

"我就不能来吗？"她瞪着漂亮的大眼睛看着我的眼。

我差点被他看羞了，忙说："欢迎欢迎！"

我把香兰让进屋里，没等我让座香兰就自己就坐下了。就像在自己家里一样。

香兰说："知道我来干什么吗？"我看香兰的脸忽然阴了。

"不知道。你说。"我的心里砰砰地打着小鼓。难道我救她爹的事又出了什么岔子了？

"我是来找你的麻烦的。"

"你凭什么找我的麻烦呢？难道我救了你爹有罪吗？"

"肯定有罪呀，不然我找你的麻烦干嘛？"

我有些生气了，脸也变了色："快说有什么罪？"

"因为你救了我爹，我就得——嫁——给——你！"香兰把话拉得长长的，拿手点了一下我的脑门儿。

“哈哈哈哈——”我立马笑得刹不住车了。一把抱住了香兰。

一天，我和香兰漫步在南山竹海里。香兰突然问我：“想知道我为啥要嫁给你吗？”

我笑了：“我救了你爹，你为了报答我，当然得嫁给我了。”

“错误。”香兰纠正道。

“那是什么原因呢？”我确实想不起来什么原因。

“是你的前妻给我介绍你的。”

“啥？——我的前妻？”我惊得张大了嘴巴。

“那个算卦的男人就是我不远的一个邻居。你前妻听说你救了我爹，就把你介绍给我了。”

你前妻对我说：“妹子，他人很好，没有别的缺点，就喜欢旅游。我一时鬼迷心窍没有把握住，听信了算卦的鬼话了。不过好马不吃回头草，我不能回去了。你好好待他就行了。”

我听了，鼻子一阵发酸。有泪从我的眼里流出来。

天价座石

早晨，三爷坐在门口的那块座石上，低着头呼噜呼噜地往嘴里扒饭。不知从哪里过来一个人，给他打招呼："大爷，吃饭呀。"

三爷没抬头，哦了一声。还是低着头呼噜呼噜地往嘴里扒饭。这几天三爷的心情不好，此时，三爷正在想着他的心事。

那个人看着三爷腚下的石头，说："大爷，我看看你这块石头行吗？"

三爷说："这块石头就是一块座石，不当吃不当喝的，有什么看头？"三爷还是冷冰冰的 。

那个人说："我就是看看。"三爷起身，让那个人看。心想，你想怎么看就怎么看。

那个人围着石头左看看右看看，边看边不住地点着头。最后，那个人给三爷打声招呼，说："大爷，打扰你了，你吃饭吧。我走了。"走老远还回头瞅那块石头。三爷目送着那个人出了街口。直到看不见了。

三爷不吃饭了，端着碗仔细地围着石头转了三圈，一圈一圈地看，没看出啥。三爷又围着石头转了三圈，一圈一圈地细细地看，还是没看出啥。这块石头他天天坐，天天看，都看了几十年，坐了几十年了。它就是一块普通的石头，山间地头到处都是，想找，一天能找一火车。有什么看头？哦，对了，三爷想起来了，刚才来的那个人看上去像个城里人，城里人有学问，难道他看这块石头看出门道来了。不可能，不可能。再怎么看这块石头就是一块石头，也不可能变成金子。城里人没见过山里的东西，瞎琢磨呗！

三爷记得很清楚，那还是在生产队的时候，那时候三爷年轻，大队要建一个提水大坝，需要很多石匠干活，干石匠活能挣高工分。为了能拿到高公分，年轻的三爷就跟着老石匠学活。三爷学活很用心，白天老石匠手把手地教他，晚上他就点着油灯自己练。学了几天，三爷觉得学得差不多了，他就想试一试。三爷回家就去山上找来一块大青石，用胶轮车推回来。他先把石头打成方形，又试着在石头上面刻了一条龙。说是龙，其实怎么看都像一条虫子。后来没什么用处，就放在门前当座石了。

三爷不看了，嘴里嘀咕着："啥人都有，闲得蛋疼！"说着就又坐在那块坐石上呼噜呼噜往嘴里扒饭了。

过了一天，那个人又来了。那个人来了以后，给三爷打声招呼："大爷，我又来打扰你了，我再看看你这块座石。"

三爷说："你想怎么看，就这么看。"

那个人又围着这块石头仔仔细细地转了三圈，转完，就从包里拿出照相机来，啪啪地亮着闪光灯给石头照相。前边照，后边照，左边照，右边照，全都照了一遍。

这两天三娘的病又复发了，三娘疼得在床上直打滚。三爷正在发愁呢，就没好气地说："一块石头，有啥好照的？"闲得蛋疼这句话到了嘴边，三爷硬是又咽了回去。

那个人把手指竖在嘴上，做了一个"小声点"的手势，低声对三爷说："大爷，你这块座石是一块古物，可能值不少钱呢！回去我找专家鉴定一下，再定。"

三爷听了，就在心里笑，谁没底三爷自己心里有底，他就给那个人摆摆手，没好气地说："去去去，别忽悠我了。"

第三天那个人又来了，不光他自己来了，还带来了一个人，两个人都背着大提包。那个人说："恭喜大爷，我们已经找专家鉴定完了，你这块石头值二十万，你看看，你卖还是不卖？是留着自己坐呢？还是……你自己考虑考虑吧。"

那个人又说："要是卖的话，我就派人明天来拉石头。现在就把钱给你。"三爷听了，愣住了："真的假的？"

和他同来的那个人把背上的大提包放下来，嗤地拉开了拉锁，对三爷说："大爷，你看。"三爷看到，大提包里整齐地码着一包崭新的人民币。三爷不敢相信自己的眼睛了，这是真的吗？不是在做梦吧？

那两个人看出了三爷的心思，说："你这块石头值二十万，这是真的。"

"我卖，我卖！"三爷说话就有些说不成个了，"他娘啊，你这回有救了！有救了！"

三爷没敢打愣，当天就把三娘送进了省城医院——三娘的病整整花了二十万。

一年后，在外地打工的儿子突然打来电话：“爹，爹，我在一幢别墅的门前见到了咱家那块座石了。”

三爷一听，心里猛地一惊，忙问儿子：“真的假的？千里遥远的，咋能这么巧呢？你看清了吗？”

儿子说：“看清了，爹，咱家的座石我还能不认识？”

三爷说：“你去问问那家的主人叫啥名？”

儿子说：“我问了，别墅的主人名字叫赵阔。”

三爷的心里这些天就有些不安：“你再问一下他的小名叫狗娃不？”

“好，明天我再去问问。”

第二天，儿子打来电话了。儿子说：“爹，我打听了，那家主人的小名叫狗娃。”

三爷听了，突然泪流满面地说：“这孩子，真是他呀……这孩子。”

三爷的眼前又出现了几十年前的那一幕。

那是几十年前的一个三九天，狗娃和几个调皮蛋在西大坑里玩滑冰，突然一处的冰塌了，狗娃一下子掉进了冰窟窿里。三爷正好从坑边过，看到这情形，他连想都没想，就纵身跳进了冰窟窿，费了九牛二虎的劲才把狗娃拽上来……

事后，狗娃的爹娘买了好多东西，带着狗娃来支情三爷，三爷什么也没收。三爷说：“乡里乡亲的，谁遇到这样的事，也得下去救。不要多这份心思。”

狗娃的爹娘看三爷什么也不收，没办法了，就让狗娃给三爷磕头，狗娃就跪下给三爷磕头。三爷忙扶起狗娃说：“快起来，孩子。咱可不兴这个。以后别再干危险的事了！要命啊！”

几年前，狗娃曾几次回老家来，给三爷送了许多钱物，都被三爷拒绝了。

◀ 贼人刘迁

天黑了，好容易等到了一个月黑风高的夜晚，正好行事。刘迁等这天等得心急火燎的，等了好几天了。前几天，月亮高高地挂在天空，如银盘，亮如白昼。没法下手。

刘迁戴上面具，换上解放鞋，这种鞋走路声音小，没大动静。刘迁溜着墙根，一会儿就到了小学校的院墙外，看看周围没有人，一纵身就翻进了破旧的小学校里。这里他地形熟，以前他天天来这里接送他儿子。后来，这些教室裂的裂，漏的漏，成了危房了，刘迁就不让他儿子在这里上学了，他给儿子办了转学，转到了邻村的龙王庙小学上学了。

小学校里静悄悄的，连一个人影也没有，只有那几排破旧的教室杵在暗夜里。几声蟋蟀的鸣叫声更显出小学校的凄凉和夜的宁静。

再翻过小学校的里墙，刘迁就顺利地进了陈实的家。刘迁知道这段时间陈实发大财了。

薛河乡新建一座大型水库，水库里大片的淹没区，有一千多座老坟必须迁出库区。早年不兴火化，老坟里都留有尸骨，那东西又脏又瘆人，胆小的见了夜里做噩梦，主家都愁着没法儿弄。陈实胆子大，放出话说他敢下到墓里去拾骨头。他贴出广告更牛：专业拾骨，单棺五百，双棺一千。广告一贴出，大伙都惊得张大了嘴，这个陈实脑子里怕是进水了吧，他退休一个月七八千块，哪里缺那几个钱呢？真是越有钱越财迷。

陈实老婆杏花听说陈实去街上贴广告去了，气儿就不打一处来，这个老东西神灵鬼缠头了吧？杏花就气呼呼地跑到街上，哧哧把陈实从街上拉回家，瞪着眼珠子指着陈实，唾沫星子乱飞："你别给我丢人现眼行不行，那也是你干的活吗？"说着就气呼呼地又跑到了街上，哧哧地把贴出的广告都撕了个精光："我让你贴！我让你贴！还反了你了？"

陈实老娘也踮着小脚过来了，她对陈实说："除了你这个憨子去接那个活，你睁开眼看看还有谁？咱还没少盐缺油断顿吧？你也不嫌丢你先生的身份！"

这时陈实的手机突然响了。陈实乐了，来生意啦，好兆头！陈实就接了电话，给娘打声招呼："娘，我走了。"说着就骑上他的破电动车飞也似的走了。

杏花看着他的背影气得直跺脚："真不要脸！真不要脸！"陈实就这臭脾气，他认准的事谁也拦不住。有时杏花也玩不了他，只能气得肚子老大。干瞪眼没办法。

刘迁掐指算了算，从开始到现在陈实应该拾了一千多具骨头了，一具五百元，乖乖，五十多万了。这可不是一个小数目。还别说这个老家伙还真有眼光呢。哼！不能光让他吃肉，我也得喝点汤。

这段时间，陈实成了库区的大忙人，今天这家叫，明天那家请。真是吃香的喝辣的，风光得很呢。有时接的活多了，夜里连家也不能回。

今天刘迁踩好了点，陈实今天夜里不回家了。陈实接了刘官庄刘友庆家的活，给他老祖起坟。刘友庆在外地做大生意，家里阔得淌油。一般富人家弄这些事都讲究，什么时间动土，什么时间起坟，什么时间下葬等等，都是有说法的，不能乱来。刘友庆请风水先生看了，夜里两点十五分动土，两点十八分开始起坟，三点二十八分下葬。早一分一秒不行，晚一分一秒也不行。这样，陈实夜里就不能睡觉了。刘友庆给陈实在镇上定了宾馆，等他拾完骨，就专车送他去宾馆里睡觉。

刘迁看看时间，还早，不能动手。他怕陈实的媳妇杏花这个点还没有睡着。等等吧，反正陈实这个老家伙今晚不回来。

等待的时间是漫长的，刘迁终于听到了杏花的打鼾声，看来杏花已经睡熟了。刘迁看看时间，正好一点半，这个时间是人睡得正香的时候，一般不容易醒。

刘迁拿出一根早已准备好的铁丝，插进了屋门的锁眼里，三下两下就打开了锁。刘迁进了陈实的屋，一阵轻轻地翻找，他不敢弄出动静，怕惊醒了杏花，那就麻烦了。刘迁找到一个袋子，拿在手里沉甸甸的挺压手，一摸是钱，刘迁乐了，娘的，今天没有白来。提着袋子就走。

一路上刘迁的心咚咚直跳，他手里提着的可都是钱，虽然他还不知道有多少钱，但从分量上他能判断出最少得有几万块，这可不是个小数目。

回到家里，刘迁什么也没干，甚至连泡尿也没去撒，就打开手电。他不敢开灯，怕邻居们看见了怀疑，毕竟是作贼心虚。刘迁慌里慌张地打开了钱袋子。呀，这么多钱啊，好几万呢，这下子发财了。

再看，钱的下面还压着一张纸，纸上还写着字。刘迁拿手电照着细细地看，纸上写着：村小学重建计划，砖 xx 元，水泥 xx 元，钢筋 xx 元……预计五十八万五千元。最下面还有一行大字，这行打字写得刚劲有力："绝不能让刘迁儿子类似事件再次发生！一定要把学校建好！"

刘迁一惊，只感到后背一阵阵凉风袭来，凉飕飕地难受。因村小学房屋变成危房，他让儿子去邻村龙王庙小学去上学，一次儿子在回家的路上出了车祸，碰断了左腿，前几天才刚刚出院。

"老校长！我错了！"刘迁在心里大叫了一声，啪地打了自己一个耳光。

乘着夜色，刘迁背着那个钱袋子，向陈实家的方向奔去……

微醺小屋

村长陈实对老伴说："我说老婆子，你闲着没事，去帮我拾掇拾掇咱那三间堂屋行不？"

老婆子正在门口和几个做针线活的娘们儿闲磕牙，听到陈实叫她，转脸挖了陈实一眼，说："你又犯哪门子神经了？看到别人闲一会儿你就难受，身上七十二个木疙瘩，不知哪个痒痒了是不？"

"叫你去你就去，磨叽个啥呀？哪来恁多废话呢？"陈实一瞪眼，"头发长见识短，你懂什么？"

老伴嘟嘟囔囔地说是说，陈实的话她都自觉地无条件地服从。陈实是谁呀？陈实是村长，村长的话她敢不听？

老伴进了堂屋，嘴里还嘟囔着："说犯神经病就犯神经病，你说这破屋你拾掇它干嘛呀？"

堂屋是老辈留下来的，泥墙草盖，里面放着杂物，满满腾腾一屋子。老伴吭吭哧哧地拾掇了半天，一手掐着腰一手捶着背出来了："老东西，过来看看行了不？放个屁也得让别人给你擦腚。"

听到老伴叫唤，陈实过来了。他进屋里一看，连说："好，好，这样就行。辛苦你了，老婆子。"看老婆子硬着腰，陈实就拿拳头给她捶背，边捶边笑着说："看把你娇乖的，干点活就得要工钱！"

堂屋拾掇好了，陈实就开始忙乎。他找来装修师傅刷墙，铺地，吊顶……那几天，陈实骑着个老自行车出来进去，去乡里，去县里，走村串巷……忙得像个陀螺。很快，堂屋就布置好了。陈实看着布置好的堂屋，笑了。他给堂屋起了个名字叫"微醺小屋"。他也不知从哪里听来的这个名字，他觉得叫着合适。

老伴看了，瞥了他一眼，说："净整些没用的，你说你整这些玩意儿当吃还是当喝？狗头长角——出啥洋相呗。"陈实嘿嘿一笑："老婆子，可别小看我这个小屋，用处大着呢。到时候你就知道了。"

晚上，陈实戴上老花镜，眯着眼在电话本上找儿子们的号码。他先给三儿子打电话："空儿，有空回来一趟，爹有事找你。"

空儿接了电话，问："俺爹，你有事吗？有事就说。"

陈实说："爹没有别的事，我想让你回来一趟。"

空儿没等爹说完就打断了爹的话 ："爹你有事尽管说，只要是在咱市里，没有你儿子办不成的事。"

"爹不让你办别的事，爹想让你回来看看爹的小屋。"

"怎么了？爹，咱家屋又漏雨了？我说你几次了，我想把老屋打倒，给你盖个两层的，人家东西两院都盖起了新房，咱那个老屋趴在那里多不排场，你就是不让。又不让你掏一分钱，也不知你怎么想的。”

“不是，爹又弄了一个小屋，我想让你来给爹把把关。”陈实说。

“什么？你又盖屋了？你又盖屋干啥？又不是没你住的。咱城里还有闲房子，我接你几次你就是不来，你真是……”空儿说着说着就有气。

陈实急了，连忙说：“我没盖屋，我是想让你回来看看爹的小屋……我一下子也说不清，你回来就知道了。”陈实故意卖了个关子。

空儿在市里工作，天天忙着各种应酬，一般不回家。接了爹的电话，又听说爹说不清，以为有什么事，心里一阵急躁，就开着小车回来了。

空儿一阵风地进了家门，迎面撞见娘，娘嗔怪道：“看你这孩子，急三火四的，慌啥呀？”

“我挂心爹，回来看看，我听爹说他弄了一个小屋，让我回来给他把把关。”

“你爹成天瞎捣鼓，你也相信他的。”娘往堂屋撅了噘嘴，“进去吧，你爹在屋里呢。”

空儿叫了一声爹，进去就被爹的小屋拽住了眼球。空儿仔仔细细地看了爹的小屋，边看边点头：“爹呀，儿子让你操心了呀！”

“怎么样，空儿，爹的小屋不错吧？你这趟没白来吧？”

“谢谢你，爹！”空儿的心跳得很厉害，像打翻了五味瓶。

陈实又给在省里工作的二儿子海儿打电话。很快，海儿也开着小车回来了。海儿看着爹的小屋，看得很仔细，很认真。海儿差点给爹跪下了："爹，儿子谢谢你了，你的这个小屋弄得很及时……"

接到爹的电话，在京城工作的大儿子陆儿也开着小车回来了。陆儿看了爹的小屋，眼里满是泪，说："谢谢你，爹！儿子记住了……"

后来，三个儿子再回来都坐公共汽车了。村人都奇怪，村长这仨孩子村人人人羡慕，这是咋的了？漂亮小车都哪里去了？不会都出了什么事了吧？

村人的疑问和猜测还没有消停，忽然有一天，村里来了几辆大巴车，还有公安车，从车上下来很多穿制服的人，把陈实家围了个水泄不通。这一下村里像炸了锅，坏了，村长家真的出事了。村人都过来看热闹。陈实心头不由一紧，这……难道哪个孩子？……陈实的头嗡地一声，懵了，两眼一阵发黑，差点栽倒。

来人陆陆续续地进了陈实家，又是拍照又是录像，闪光灯闪得陈实睁不开眼。接着又都进了陈实的"微醺小屋。"出来后都紧紧地握着陈实的手："大爷，谢谢你呀！"陈实这才舒了一口气，提到嗓子眼的心放了下来。一个年轻人走过来，一把就握住了陈实的手，说："大爷，谢谢你呀！你的'微醺小屋'很棒！我们都是你儿子的同事，今天专门来你这里参观学习的。"

晚上，电视新闻里出现了那个给陈实握手的年轻人，陈实一惊，他是新来的市长啊！市长说："陈村长的微醺小屋里，正面墙上孔繁森，焦裕禄，雷锋……个个英雄人物的事迹感天动地；

侧面墙上，中国的贪官个个榜上有名……”

这时，儿子空儿来电话了。陈实黑着脸说：“这么多领导来咱家，你为什么不早说一声？我连一口热水都没准备！”

空儿说：“领导们怕你花钱，所以再三嘱咐我，一定不要说。”

抓　贼

清明节前夕，我提着橡皮棍在小区里巡逻。

这几天我发现了一个很棘手的问题，小区里老是少东西。不是今天东家少了好吃的，就是明天西家少了好喝的，可我却总是抓不住偷东西的贼。明明看着偷东西的贼进来了，转眼间又让他跑了。

今天我终于又发现了目标——那个狡猾的贼又神不知鬼不觉地钻进了小区。这个贼不光狡猾而且胆大技高，大白天钻进人家里偷东西，如入无人之境。那几次让他侥幸逃跑了，今天我一定要抓住他！我握紧了手中的橡皮棍。

记得第一次贼进了张局长家，只几分钟时间，就背着一大包东西大摇大摆地走了。

第二次，贼进了王局长家，还没等我赶到，他又背着一大包东西，旁若无人地走了。

这个贼胆真大，今天他又来了。他腋下夹着一个蛇皮袋，走路像一阵风，一对鼠眼在小区里上下左右地扫来扫去。一会儿，他看看四周没有人，就钻进了赵市长家里。

我紧张起来，猫着腰，生怕被他看见了。心咚咚地跳个不停，好像不是贼在偷东西而是我在偷东西一样。我三步并作两步就蹿过去，还没等我赶到，他就把赵市长家里所有的好吃的好喝的东西一股脑儿装进了蛇皮袋，背起来就走。

我大喝一声："你给我放下！"他连瞅也不瞅就直往前走。好像没听见。难道他是个聋子？

我紧追了几步，大声喊道："听到没有？你给我站住！你装什么憨！"他仍然旁若无人地往前走，根本不理我。

"再不站住我就报警了！"我高声吼道。我拿出了手机，装出要报警的样子。

看来他也怕我报警，回头瞅了瞅我。看样子他不是个聋子。谁知他回头瞅了我一眼，笑了一下，转脸又往前走，而且走得比先前还快。吆哈，这还真不是一般的贼，好滑头呀！

看他那瘦小的身子，我能打倒他三个。我咬了咬牙，下了狠心，无论如何今天我一定要抓住他！

就这样，他跑我也跑，他走我也走，我停他也停，三转两转，七拐八拐，原来他在和我玩捉迷藏，在消耗我的体力。他灵巧得像一只猴子，我怎么也追不上他。突然，他扎进了一个院子。哈哈，看来他也累了，狗急入院了。我何不给他来个瓮中捉鳖？说时迟那时快，我一个箭步就蹿到了那个院子门口，大喝一声："这回我看你往哪儿跑？"

谁知那个贼回头看了我一眼，笑着向我招了招手，说："这位兄弟，还愣着干啥呀？站在门口多不好看呀。进来吧，门没关。咱俩马拉松比赛也这么长时间了，我觉得你也累了吧，快进来喝杯茶吧。”

我觉得自己被贼戏弄了，心里有些生气，这成了什么事了？他把我当成猴子耍了。

进来就进来，难道我还怕你这个贼不成？无论如何，我今天一定要抓住你这个狡猾的贼！我心里想着，不由得握紧了手中的橡皮棍。必要的时候我就给你动武。

贼看我紧张的样子，又笑了笑。突然，他冲屋里喊了一声：“孩子们，都出来喽！——”

我一听吓了一跳，难道他还要关门打狗呀？我跨进去的一只脚忙又退了出来。亏我多了个心眼，不然就钻进他的圈套里去了。这个贼可真狡猾！

这时，从屋里跑出来十几个穿着破旧的孩子，爷爷爷爷地叫起来。我有些不明白了，哪里来的这么多孩子呀？难道是这个贼偷了人家的孩子，窝藏在这里了？我警觉起来。正考虑着下一步该怎么办，是报警还是不报警。

“不要急，孩子们，爷爷给你们分。每人都有一份。”贼看了看我又说，“不要抢，门口还有一位叔叔看着呢，咱们不能让他笑话咱。”贼把蛇皮袋里的东西一股脑儿往桌上一倒，一样一样地分给孩子们……我看呆了。

贼给孩子们分完，看着我呆愣的样子，对我说：“小兄弟，还愣着干嘛？快进来呀。”

他指着这些光知道吃的孩子们说，“看，这都是些有娘生没娘管的苦孩子，我是从街上捡来的。就我和老伴那点退休金，哪够用呀，所以我就想了个点子……其实那些官人的那些高档祭品放在那里也是浪费，早晚还不得糟蹋了。这些苦孩子哪里见过那么多好东西呀……以后还得请你这个小兄弟多多帮忙呀！”

“孩子们，还不快谢谢这位叔叔！”贼喊了一声。

“谢谢叔叔！谢谢叔叔！”孩子们冲着我大声喊道。

我这个高干陵园的保安傻了眼。

交给你一个特殊任务

一个月前，我接到调令，要我到市政府办公室报到。

那天，我刚到市政府办公室，王主任就笑着把我叫到他的办公室，王主任说："小吴呀，你刚到，你来得正好，我正愁着找不到这个人选呢。"

"王主任您有事尽管吩咐。"我像一个兵一样在接受长官训话。

王主任说："你刚来，对这里的情况你还不熟悉。这些日子你就不用正常来政府办公室上班了，我交给你一项特殊任务。"

我一听王主任说有特殊任务，心里就咯噔一下子，王主任怕是要考验一下我这个新兵蛋子吧。

我就说："王主任，无论什么任务你尽管吩咐，我保证准确准时高效圆满地完成！"我站得笔直，就差没给王主任敬礼了。

王主任压低声音说："小吴呀，我给你透个实底吧，说是特殊任务其实也没有什么特殊的。是这样的，李市长刚来我们市上班没几天，昨天他悄悄地对我说，王主任，这些日子我不愿意在媒体上露面，要趁大家还不认识我的时候，到下面的基层乡村去搞搞调研，随便转一转，看一看，听一听，体察一下民情。看看下一步，怎么才能真正地让老百姓富起来，然后确定一些新项目。你的任务是远远地跟在李市长的后面。”

我不明白地问王主任：“李市长搞他的调研，为什么要我跟在李市长的后面呢？要让我为李市长做什么？”

我以为王主任是让我暗中给李市长当保卫。因为我出身武术世家，曾夺得过省武术冠军。想到这里，我就向王主任保证：“王主任您放心，我绝对保证李市长的安全！出了一切问题，您拿我是问！”

谁知王主任却笑了，说：“小吴你想多了，不是让你去保卫李市长。李市长的安全肯定是没问题的。”

“那王主任您是什么意思呢？”我真有些不明白了，

王主任说：“情况是这样的，李市长到下面去考察民情，肯定会去各家各户坐坐，和百姓拉拉家常，嘘寒问暖。临走的时候，他会给老百姓发一张他的名片，然后给老百姓说，以后如果有困难什么的，就打我这个电话，政府会尽力给你们解决的等等。”

王主任停了一下，端起茶杯喝了口水，又说：“根据我们以往的经验，等领导走后，老百姓都会把领导发的名片当垃圾扔出来。因为谁都知道无论大小领导，他们只会放空炮，走形式，不会为老百姓办实事。所以没有人拿领导的名片当回事。还有的村民直接就把领导的名片扔进火炉里。其实扔进火炉里倒没有什么，怕的就是把领导的名片直接扔到大街上，被人畜踩踏被车辆碾轧。

这回可是李市长的名片，如果被老百姓扔到了大街上，被人畜踩踏被车辆碾轧，要万一让李市长见了多没面子啊。李市长一生气，要是怪罪下来，我们吃不了可得兜着走了。”王主任说着就加重了语气，“小吴呀，李市长在前面走，你就穿着便衣在后面远远地跟着，记住，千万别让李市长发现了你。要是发现了可就麻烦了。李市长走到哪里你就跟到哪里，一点也不能马虎，丝毫不能松懈。如果发现有村民往大街上扔市长的名片，你就拾起来，要一张不留地拾起来，不要留下任何后患。第二天早上你更要早起，要在李市长起床之前再去拾一遍，看看有没有落下的。听说李市长是一个很细心很认真的人。”

我听了王主任的话，才知道了这个任务的不一般，还真一丝一毫不能马虎和松懈。

从第二天开始，我就天天早出晚归，远远地跟在李市长的后面。还真让王主任说准了。李市长前边刚出了老百姓的家门，后边老百姓就把名片给扔出去了。有的还出来在名片上重重地踩上一脚。等人走了我就过去把名片拾起来。有的人家还讲究一点，当时不扔出来，怕领导见了生气。等到晚上再扔出去。这样，第二天早上我就要早早起来，我要在人们还没起来的时候把晚上扔出来的名片一张一张地拾起来。

在一个月的时间里，不管刮风下雨，还是风沙漫天，只要李市长出来，我就远远地小心翼翼地跟在他的后面。我先后拾了李市长几千张名片。

今天一上班，王主任就把我叫到了办公室，王主任十分欣喜地对我说："李市长的调研工作昨天已经结束了，小吴呀，你的任务完成得很好！在昨天的市政府工作会议上，李市长说：咱市的官员亲民、爱民做得很好，很深得民心……从我的名片没有被老百姓扔出来就可以看出，希望你们再接再厉，继续发扬！"

没白当一回乞丐

狗娃多天不见山猫了。

狗娃坐在一个破沙发上，坐北朝南，跷着二郎腿，手里端着一杯小酒，慢慢地抿着。破沙发旁边的桌子上摆着两样小菜。他的小弟兄们都出去乞讨去了。狗娃每天都过着这样的生活。狗娃觉得自己已经当上皇上了，就差没有三宫六院了。

也不知山猫过得怎么样了。狗娃突然想到，已经多天没见到山猫了。山猫是个馊扣子，有钱攥淌汗也舍不得花一分，更别说喝个小酒了。

以前狗娃和山猫白天在一起乞讨，晚上两人同住在一个桥洞子里。这个桥洞子在这座城市的中心，四通八达的，去哪里乞讨都方便。后来又有一些小弟兄过来加入了，人就多了，桥洞子下面就住不开了。狗娃就和山猫一块商量。狗娃说："大哥，现在咱们不像从前了，咱们人多了，家大了，兵强马壮了，家大了就该分家了。"

山猫说："兄弟你说说怎么个分法，我听你的。"

狗娃说："你看这样分行不行。咱让弟兄们自己选择，愿意跟我的跟我。愿意跟你的跟你。”

山猫说：“可以。”

狗娃说：“咱们把地盘也分一下，以这座桥为中心，桥南为一家，桥北为一家。这个桥洞子只能给一家，我看就给南家。南家坐北朝南，听说古代皇帝的皇宫就是坐北朝南的。咱们抓阄决定。行不行？”

山猫说：“行。”山猫就在心里笑，这个狗娃还挺讲究的，野心不小，还想当一回皇上呀！

狗娃叫人写了两个阄，阄上分别画着一杠和二杠，抓着一杠的是桥南，抓着二杠的是桥北。抓着桥北的立马带着自己的人另找新家。

山猫说：“狗娃你是兄弟，我是哥，哥让着你，这是规矩。你先抓，你抓完剩下的就是我的。”

狗娃笑了，说：“哥你还发扬风格了。好，我先抓。”

狗娃抓了一个，取开一看，二杠。二杠的是桥北，狗娃有些长脸。

看狗娃有些长脸，山猫说：“这么着吧，兄弟，我把一杠让给你，我带着我的人出去找新家。”

狗娃说：“谢谢你了，哥！”

山猫就带着自己的小弟兄们走了。

从这以后，狗娃和山猫各自带着自己的弟兄在各自的地盘上混，有吃有喝，却也快活。

不知不觉中，几年过去了。

一天，山猫来桥洞下找到狗娃，对狗娃说："兄弟，你和弟兄们过得还挺不错嘛！小酒喝着。"

"还行，大哥。有事你说。多天不见你的面了。"

"也没有别的事，就是有点想兄弟你了，过来看看。"

"谢谢你了，大哥。还想着兄弟我。"

"我今天过来是想和兄弟拉拉呱。数算一下，咱们哥俩也分家好几年了。我想问一下兄弟，你就永远满足这样的生活，就没有一点别的想法？"说着递上一支烟。自己拿一支捅嘴里。

狗娃接过烟，啪地用打火机给山猫点上，又给自己点上。笑笑，说："大哥，就咱哥们这命，都是穷命苦命，没有什么出息。能有啥想法？想有什么用吗，过一天少一天算了。"

山猫说："弟兄们跟着你，你总得为他们的前程想想呀。"

狗娃抬眼看着桥洞顶，叹了一口气："嘁！就咱们这些人，社会的垃圾，要什么前程，还能想啥呀？想是能当饭吃？还是能当房子住？还是当车开？"

山猫又要开口，被狗娃堵住了，狗娃早就听说山猫想收编他的弟兄们。就说："大哥，我出去还有点事，你看，巧了……咱们下次再拉吧。"

山猫讨了个没趣，摇摇头，悻悻地走了。

没过几天，山猫又来找狗娃，正巧狗娃和几个小弟兄正在吃饭。

山猫看看他们简单的饭食，皱皱眉。再看看这几个皮包骨头的小弟兄，不由一阵阵心疼。山猫又皱了皱眉。正要给狗娃说话，不想狗娃一句话又堵住了山猫的嘴。狗娃知道山猫还惦记着那个事。心里就有气。哼！想吃掉我，你山猫还嫩着呢。我这些年是白混的吗？做梦去吧！就冷着脸对山猫说："大哥，咱明人不作暗事，有话说在当面。现在咱们各吃各的地盘，各人在各人的地盘上混，可以说是井水不犯河水，你少在我的弟兄身上动你的花花肠子。"山猫又讨了个没趣，悻悻地走了。

从那以后，山猫再见到狗娃时转脸就走。一次，两次，三次，时间长了，狗娃就憋不住了。

一天，狗娃又碰到山猫，山猫也看见狗娃了。山猫连愣也没愣，转脸就走。狗娃就紧跑几步拦住山猫，说："大哥，兄弟我哪里惹你生气了？为啥老是躲着我呢？"狗娃知道自己是明知故问，没话找话说。

山猫说："兄弟，我还是那句话，难道你就愿意带着你的小弟兄当一辈子乞丐吗？！就没有一点别的想法吗？你就不为你的弟兄们的前程想想吗？"

狗娃说："大哥，那还能咋办呢？我的脑子笨呀！"

山猫说："自从咱们分家后，这些年我勒紧裤腰带积攒了一些钱，我已经把我的几个小兄弟送进技校学技术去了。我也想把你和你的弟兄也送去技校学技术，将来我不想看他们再当乞丐，我想看他们都能找个地方上班，能娶媳妇生孩子，都能有个家。大哥这辈子就没白来世上一回，没白当一回乞丐。"

狗娃听了，站在那里一动不动，一把握住了山猫的手，满眼含泪，什么也说不出来了。

老抠的小路

老抠是个地迷，山边子地旮旯，荒山野岭，到处都是他开的荒地，大的如一张席子，小的一顶草帽子就能盖上。村人都说，老抠这个人拿地比他爹还亲，地就是他爹，他爹就是地。

村小学在村子的南边，从村子到村小学校有一段地是老抠家的，左边靠着一条柏油国道，来往的车辆穿梭不停。右边挨着三歪头的责任田。三歪头也是个地迷，拿地也当爹，和老抠不差分毫。当时分地的时候，大伙儿就说，这下可好了，这两个尖嘴毛（小气鬼）弄在一块了，肯定有好戏看了，等着看热闹吧。

还真让大伙说准了。人们从国道上走的时候，经常会看到两家人在争吵。仔细听一下，原来是两家在争地边子。老抠说三歪头挪了二指石界，三歪头说老抠挪了二指石界。各说各的理，谁也不让谁。就差没打起来了。时间长了，因为挪石界，两家就挪出仇来了，见了面就像斗红眼的公鸡。你挖我一眼，我瞪你一眼，恨不得一口把对方吃了，才能解气。

有一次不知谁又挪了石阶，老抠和三歪头两人在地里见了面，就断打起来了。老抠身材矮小，三歪头人高马大。老抠掐着三歪头的脖子，三歪头抓着老抠的头发，两个人撑起了架子。老抠哪是三歪头的对手，一会儿就被三歪头压在了身下。三歪头边打边骂："我让你挪石界！我让你挪石界……"这一下老抠吃了亏。正巧老抠的媳妇来喊老抠回家吃饭，远远地就看到了两个人扭打在一起，老抠媳妇就没命地跑，到了，看到三歪头压着老抠，老抠媳妇就去拉三歪头，拉了几下拉不开，老抠媳妇一咬牙，也顾不了面子了，伸手一把攥住了三歪头的裤裆，一使劲，疼得三歪头啊地一声松开了手，老抠才算解放了。

从那以后，两家争地边子的闹剧总算停息了一段时间。

一天，老抠把靠近公路的一畦长势正旺的玉米砍了。村人见了不解，问老抠："老抠啊，玉米正在长着，还没有上粮食，你砍了干什么？这多可惜呀？"

老抠笑笑：说："可惜也得砍。"

村人又问："这时候，你砍了玉米还能种啥呀？"

老抠又笑笑，说："不种什么，到时候你就知道了。"

老抠砍完玉米，把玉米棵子一棵一棵地归拢好，然后开来了他的摩托三轮车，把玉米棵子装车上拉走，回家喂羊。

老抠又去邻居二蛋家借了一个压场的碌碡，拿绳子拴上，挂在三轮车的车箱子上，咕噜噜地拉着走。到了玉米地，老抠就开着三轮车拉着碌碡来回地压地。等把地压平了，老抠又开着三轮车从河底拉来了许多沙子，在压好了的玉米地上铺了一层，这样一条亮亮的沙子小路就铺成了。干完这一切，老抠才拿袖子拧了一把头上的汗，然后才舒了一口气。看着自己铺成的小路，老抠满意地笑了。

老抠又找来两块木板，一块插在小路南头，一块插在小路的北头。每块木板上还写了几个大字。

没过几天，三歪头忽然来到了老抠家。看到三歪头，老抠气儿又上来了。这个熊东西来干什么？老抠还想着那天他挨揍的事，他一眼也不想看到三歪头。老抠就冷着脸说："你来干什么？我不想看到你。走！赶快走！"老抠伸出手赶他走。

谁知三歪头不光不走，还自己找个板凳坐下了。怎么，还赖住我了？三歪头坐下后，说："二哥你消消气，消消气！你别给我一般见识行不。我今天是来给你赔礼道歉的。"三歪头说着话双手就攥住了老抠的手，"谢谢你，二哥！谢谢你！兄弟我对不住你，我不是人呐，那石界都是我挪的……"

看三歪头实心实意地向他道歉，老抠心里舒坦了许多。人都有见面之情，三歪头千错万错，今天来到了老抠家里，老抠也不能再说什么了。老抠说："别说了，都过去了。"

接着村人呼啦一下子都来了，手里都拿着钱，举着给老抠，说："谢谢你老抠叔！我们得给你补偿一下。"……

老抠说："大伙都拿回去吧，只要能让孩子们平安地去上学，我老抠拿出这点地算什么？"

原来两天前几个孩子顺着公路去上学，出了一个车祸，三歪头的孙子受了重伤，被汽车撞断了腿。

老抠的小路两头的木牌上写着几个字——"学生专用路"。

世纪之梦

爷爷九十多岁了，耳不聋眼不花，就是脑子不太清醒。爷爷整天背着个破叉子（一种用柳条编的用具，可以用肩膀背着）。

别人的叉子一般是用来薅草的，爷爷的叉子是用来要饭的。爷爷整天背着这个要饭的破叉子，在村子里溜达，这边瞅瞅，那边看看，谁也不知道他在找什么。爷爷有时也去村民家里要饭。大家都知道爷爷脑子有病，还知道爷爷的病是日本鬼子害的。没有人把他当成真正要饭的。

小孩子们见了爷爷，拍着手远远地就喊："傻子傻子，背着个杈子……""要饭滴，狗断（追的意思）滴，不要好滴要烂滴。"爷爷听了也没有什么反应，好像孩子们不是喊他的，而是喊别人的。大人们见到孩子们起哄爷爷时，大人们就瞪起眼来熊："熊孩子，都给我滚一边去，你们知道什么？他可是咱们村的大英雄！"孩子们就吐吐舌头，飞也似的跑了。爷爷的杈子里有煎饼头，馍馍块……有的是问村民要的，也有的是村民们主动给他的。

谁都知道爷爷有这个毛病。

爷爷得这个毛病有些年头了。听老辈人说，打鬼子的时候，爷爷是个地下交通员。有一天爷爷接到上级的指示，要他去古城给地下党送情报。爷爷经常去古城给地下党送情报。接到任务后，爷爷就和每次执行任务一样，穿上他的破烂衣服，背上他的要饭的杈子，装成要饭的去古城。爷爷走到一个村子时，小鬼子的飞机嗡嗡地飞来了，小鬼子的飞机盘旋着在村子的上空撂下很多炸弹。突然，一枚炸弹落在爷爷不远处，轰的一声爆炸了，爷爷当时就被震晕了……从此爷爷就傻了。那次的任务爷爷没有完成。

今天的古城虽然还是原来那个样子，一点也没有变，但是古城已经成为红色的教育兼旅游基地。这里是爷爷当年战斗过的地方。我想爷爷都快一百岁了，他老人家在世上的时日也不可能太多了。我不想给爷爷留下任何遗憾，我想趁爷爷还能走得动，陪他老人家再去看看古城，看看他当年曾经战斗过的地方。

爷爷只要出门就要背上他的破叉子，这次去古城也不例外。我说："爷爷，我们是去旅游，带这个叉子不方便。你就别背了，行不行？"爷爷说啥也不撒手。没办法，只能由着他了。

我们刚进古城，我发现爷爷的眼睛就亮了。他东瞅瞅，西看看，一双明亮的眼睛在古城的大街小巷扫来扫去。我从来没见过爷爷的眼睛这么明亮过，也从来没见过爷爷这么精神过。

我搀着爷爷走在古城的老街上。古城老街一股子"古"味。戏院，当铺，洋行，赌场，红楼……鬼子警备队横冲直撞；特务队耀武扬威；二鬼子吆五喝六……一切都和七十年前的一样。

我看到爷爷忽然精神一振，挺了挺腰杆，原先呆滞的眼睛立马机警起来。

前边不远处是一个包子铺，门口的“王记包子铺”的招牌随风摆动。到了包子铺，爷爷机警地左右看了看，挣脱了我的手，紧走几步进去了。包子铺掌柜的正低头噼里啪啦地打着算盘。只见爷爷对掌柜的大声说：“掌柜的，行行好吧，能给我两个包子吗？我的两个孩子两天没吃东西了。”

只听里面应了一声：“来喽，包子两个——”

爷爷瞅瞅四周没人，就压低声音对正在打算盘的掌柜的说：“近几天鬼子要来王家庄扫荡，区委指示……”

我忽然明白了，原来爷爷在向地下党传递情报。可爷爷哪里知道，那个掌柜的还有店里的几个伙计都是电动的仿真雕塑。每个塑像都能走动。还有配音，跟真的一样。都是根据七十年前的包子铺原貌精心设置的。

七十年前，包子铺是八路军的地下联络站。当时爷爷接到的任务就是来王记包子铺里传达区委的指示。

刚才那个声音是里面的工作人员说的。

爷爷传递完情报，背着他的那个要饭的叉子匆匆地出了王记包子铺。

我拉着爷爷说：“爷爷，你终于完成了上级交给你的光荣任务！”

爷爷听了，愣了一下，停下不走了。然后揉揉昏花的老眼，四周看看，揉揉眼。再看看，再揉揉眼。突然爷爷说：“我不是发癔症吧？”

我说：“不是，爷爷，你终于醒了。你这一梦就是七十多年啊！”

我太高兴了，我对爷爷说：“爷爷，咱们这趟古城没有白来呀！”

三爷的老洋街

清晨，三爷起得特别早，三爷起得早有他起得早的原因。

早晨，三爷要提前把园子打扫得干干净净，等会儿弟兄们就该起床了，他们起来后，刷牙的刷牙，洗脸的洗脸，跑步的跑步，健身的健身……各做各的事儿。三爷要保证弟兄们有一个干净的环境。

三爷边扫地边看他的弟兄们起床了没有。等三爷把园子打扫个差不多了，弟兄们都陆续地起来了。三爷看到只有李四还没有起来。李四晚上玩牌睡得晚，早晨喜欢睡个懒觉。三爷路过他那里也不喊他，让他多睡会儿吧。

园子外，是三爷的一亩三分地。平时三爷边看着园子边侍弄着他的地，他在地里种菜也种粮。

去年三爷忽然改变了主意，他不种菜也不种粮了。他找到一个设计师，让设计师规划一下他的一亩三分地，他要建一条“老洋街”。设计师一听，就对三爷说：“你都这么大年纪了，花这个钱干什么？再说，你建这个老洋街也没什么用呀？”

三爷说：“这个你就不懂了。我让你设计，就一定有我的用处。

你就按我的意思来设计就行了。”设计师就按照三爷的意思设计了一条老洋街的规划图，三爷看了，连说：“好，好！这就是城里老洋街原来的样子。”

有了规划图，三爷就找来了建筑队施工，施工队不分白天黑夜地干，整整干了三个月，这条老洋街终于建成了。

这条老洋街说是“街”，其实就是中间铺了一条石板路，路两旁盖了两排小屋子，小屋子的门口都挂着小牌子。别看小屋子不大，小牌子可醒目了。有酒馆、茶楼、饭店、戏院；还有书馆、大戏台、客店、浴池；还有赌场当铺和红楼等……凡是城里老洋街上的物件这里一应俱全。

酒馆里摆着桌子和椅子，桌子上摆着酒具和几样下酒菜；挂着戏院牌子的小屋子里，三爷在里面放了一台大彩电。三爷就是放映员；大戏台上的演员是找人塑的，电动的，跟真的一样，能跳能舞；红楼的房子比较大，是两层的。打扮得跟妖精一样的老鸨子，扭着蛇一样的细腰站在红楼的门口，笑嘻嘻地看着大街，她在等待着嫖客的到来；赌场的门口挂着一个大大的“赌”字，里面的赌客吆五喝六，很是热闹……老洋街的旁边就是铁路和火车，当然也是假的，是大火车模型，比真的小了点。不时地有火车呜地一声鸣着汽笛咔哒咔哒地开过去。这是放的录音，是三爷亲自录的。那铁道和火车三爷熟，是根据三爷的意思找人做的，所以十分逼真，简直可以以假乱真。当年三爷和他的兄弟们打火车的时候，在火车上杀得鬼子哭爹叫娘。

三爷建的这个老洋街跟真的几乎一模一样，只是小了点，是缩小版的。是仿着城里的老洋街造的。这缩小版的老洋街是三爷专门给他的兄弟们建的。

三爷扫完地儿，就开了园子的门。他仿佛看到他的兄弟们都一个个地出了门。大队长张三进了书馆，他是个文化人，没事的时候就喜欢研究学问；李四进了赌场，他是个赌鬼，脑瓜子灵活。爱耍个小钱。赢得多，输得少；王五做事粗鲁，性子豪爽，喜欢喝个小酒。他哼着小曲儿进了酒馆；赵六会唱戏曲，他走着路嘴里也哼着小曲儿。他喜欢看戏，他进了戏院。三爷看到赵六进了戏院，就进去开了电视，电视里正在播放着戏曲《穆桂英挂帅》。可把赵六给乐坏了。三爷仿佛还看到有几个兄弟飞身爬上了飞驰的火车……弟兄们玩啥的都有。看到弟兄们各玩各的，三爷的眼泪在眼里直打转："我的好兄弟呀！"三爷长叹了一口气，"当年打鬼子那阵子你们拼了命，没有时间去乐呵乐呵，现在有时间了，该乐呵乐呵了。你们可要好好地玩呀！"三爷的眼里有泪流出来。

傍晚的时候，三爷要关园子的门了。这时候，三爷就站在园子的门口，手握成喇叭状，扯着嗓子冲着老洋街喊："兄弟们，黑天了，都回家喽！回家喽！一一明天再玩呀！——"

三爷管的园子是一个烈士陵园，里面的烈士都是他的战友。当年打鬼子的时候，城里的老洋街是他们游击队杀鬼子的战场，也是他们的乐园。可是一年前，老洋街改建了，建成了商业街。老洋街拆除了，三爷觉得兄弟们没有了去处，也没有了乐园，所以他就在自己的一亩三分地上建了这条老洋街。

爹的种子

村长老中岁数大了，就退了下来，大伙就推选年轻的小六子当上了村长。老中想不开，坐也不是，站也不是。饭也吃不香，觉也睡不好。低着头在院子里转圈圈，跟丢了魂似的。老伴斜了他一眼，没好气地说："你真是个官迷，一天不当官你就难受是不？你看你那个芝麻粒子大的官，还怪赢人！"

老中抬头瞪了老伴一眼："熊娘儿们，给个鸭子似的，光知道嘎嘎，你懂个啥呀？"

老伴又挖了老中一眼，不敢说话了。老伴想，这个老东西，当了几十年的官了，现今下了台，心里还不给猫爪的似的难受，看样子得几天才能缓过来。

看老中那个样子，老伴还想劝他几句，想让老中尽早地从那个圈圈里走出来。就说："你都这么大年纪了，还能干一辈子吗？早早晚晚得下来。下来歇歇脑子，不好吗？"

"你这个熊娘儿们，你就知道瞎吵吵，你懂得个啥呀？"

一天晚上，王二黑子提着一个黑色的提包进了小六子的家门，笑着对小六子说："六子兄弟，我想给你商量个事。"说着把提包放在了桌子上。

“二哥你有什么事，尽管说。”小六子想看看二黑子来干什么的。

“六子兄弟，你把村西头的砖厂承包给我吧，这五万块钱哥送给你喝酒，你看怎么样？”说着拉开了提包的拉链，露出了满满一提包崭新的人民币。

小六子瞅了瞅提包里的钱，笑了，说：“二哥，钱可是个好东西，但是这些钱你还是你先拿走吧，砖厂是全村人的，不是我一个人的，得大家伙说了算。要是谁给我钱我就包给谁，我这个村官当得就没有什么意思了，我就会被别人戳脊梁骨了。这个我不能干。你回去吧。”

又一天，打扮得花枝招展的村花五香飘着一身香气，笑盈盈地飘进了村办公室，刚好办公室里就小六子一个人。五香眉眼传情地看着小六子，说：“六子兄弟，你看嫂子咋样？你要是让嫂子干妇联主任，以后嫂子能亏了你？以后嫂子就随你……”五香挺着两个大奶子，扭着水蛇腰，一双带钩子的眼泚泚放着电。

小六子皱皱眉，连正眼看都没看，斜了五香一眼，说：“嫂子今天这么漂亮啊！跟个仙女一样啊！”

五香又扭了扭她的水蛇腰，晃了晃她的两个大奶子，娇滴滴地说：“嫂子漂亮又不是一天了，兄弟才看见啊！”

“嫂子你看，咱这儿庙小，怕是搁不下你这尊大神呀！你还是回去吧。回去该干嘛干嘛。”

“小小芝麻粒子官，才上台几天呀，看把你烧的，还知道自己姓什么叫什么吗？哼！”五香哼地一声，骂骂咧咧地走了。

“熊娘儿们，尿尿不大，呲人还不小呢！”小六子冲五香的背影瞪了一眼，呸地往地上吐了一口唾沫，把地砸了个坑。

晚上，月黑头夹阴天，一个破衣烂衫的老人倒在了村办公室门口的路边，身子哆嗦个不停，像筛子在筛糠。破帽子卡着头，烂围脖子围着脸。小六子正好从村口过，看到这个情形，就弯腰问："老人家，你怎么啦？”老人没回答，只啊啊了两声。

小六子又问：“你家在哪里？哪里难受啊？”老人又啊啊两声，——原来是个哑巴。

小六子打了几个电话，没找到车。又打120，占线。

“奶奶个熊！”小六子骂了一声，“真是出他娘的奇了，乱七八糟的事都让老子摊上了。”

小六子就从邻近找来一辆架子车拉上老人，急急地向乡医院赶。俺爹我还没这样孝顺来。小六子边走边想，越想心里越不是个味。

好在不太远，紧赶慢赶到了医院，交了钱，挂了急诊。小六子躬身要扶“哑巴”去急诊室，“哑巴”忽然坐了起来，抹了帽子，扯下了围脖。小六子愣了——“怎么是你呀？二爷！”

二爷笑了：“是你爹让我这么干的。”

二爷又说:”小六子，你真是好样儿的！连过三关呀，像你爹，是你爹的种！你爹当了半辈子村官，没有一个人骂他，没有一个人指他的后脑勺子。村官这把椅子交给你坐，你爹就放心了。”

“哈哈！老子早就在这里等着你了。没想到你小子来的这么快。”爹不知从哪里冒了出来，“我故意让你二爷倒在村口，我也知道你必须从哪里过……”

二爷说：“你爹还和我打了赌呢，说小六子这小子就怕通不过他的考试呢。”

“看来这回我输喽！”爹说着又哈哈地笑了。二爷也笑了。

陪　客

乡长张三到了退休的年龄，就很不情愿地退了下来。退了休的张三就和老婆梅花商量，张三说："老婆子，我现在是无官一身轻了，待在城里闷得慌，咱们不如回乡下老家清静清静。"

梅花不明白："咱在城里过得好好的，回乡下老家干什么？"梅花没嫁给张三之前就是城里人。

"老婆这你就不懂了。乡下老家空气新鲜，有山，有小河，有水库。没事的时候咱就可以爬爬山，钓钓鱼。到处溜达溜达。要是下了小雨，那就更好了，咱就上山去拾地浪皮（地角皮），这东西可奇怪了，不下雨它就是干的，贴在地上你看不到它。只要下了雨，它就膨胀起来了，趁着水劲儿疯长。你最喜欢吃那东西了。"

梅花一听还能去拾地浪皮，乐了："那好，咱回老家去。"

张三就找人翻修了他老家的房子，又找人简单装修了一下，两个人就回去了。

老家真好，到处都是绿油油的，到处都香喷喷的，喘气都舒服得很。哪像城里整天乌烟瘴气的。梅花可高兴了。

门口有一块地，里面长满了青草和杂树，梅花勤快，就拿工具清理，计划在里面种上小青菜什么的。张三也来帮忙。

张三正干着，忽听来电话了。张三就去接，一听是亲家打来的。亲家说，明天他们想来他家里坐坐，看看他的家。张三知道亲家什么是来看看他的家，是来给他接风的，来给他“温锅”的。

张三心里特别高兴，就给媳妇梅花商量，张三说：“亲家第一次来咱老家，总不能咱四个人干坐着吃吧，得找个人陪陪，也好说说话，也显得咱对亲家的重视不是。”

“这倒是，可是咱都出去几十年了，刚回来给谁都不太熟，你以前的那些伙计多年不来往了，也都生分了，找谁呢？咱总不能大老远地把咱城里的伙计打来给咱陪客呀。”梅花皱着眉头。

“嘁，看把你愁得，找个人来陪客吃饭拉拉呱还有什么难的，咱又不让人家破费什么，说白了就是白吃白喝，谁还能不乐意呢？让谁来还不是看得起谁。你说呢？”张三随口说。

“想想也是，那你就想一想去找谁。白天人家都不得闲，你晚上去跑跑吧。”

晚上，张三就到了李四家。李四和张三从小光着腚一块儿长大，一块下河抓鱼，一块上树摸鸟蛋，一块上小学……反正两人整天拧在一块跟一个人一样。后来张三考上了中学，李四没考上，李四就不上学了，在家务农了。再后来，张三又考上了中专，两人来往就少了。再后来，张三当官了，两个人就不来往了。

张三见李四老两口正坐在桌子旁吃晚饭。张三就对李四说：“兄弟，明天我家里来客人，我想请你过去帮我陪陪客，也就是陪客人吃吃饭，拉拉呱儿。你看你能抽出空来不？也就是耽误你几个小时的时间。”

李四媳妇听了张三的话，看了李四一眼，李四忙赔着笑说：“不巧呀三哥，我明天有要紧的事要去办，真不好意思啊！”

张三心想兴许他真的有事，这年月人都忙得跟陀螺似的谁还能没个事儿。张三就说：“行，兄弟，你有事你忙你的，我再去找找别人。”

李四两口子起来送张三，张三就拦住说：“不要送，不要送，以后咱们又要在一块玩了。留步，留步，不送不送。”

张三就去找王五，王五和张三也是从小光屁股一起玩大的。有一回王五想让儿子上一个好点的学校，张三还帮着王五托了人呢。后来张三还自己掏钱管了人家一顿酒席，花了好几百块呢。张三哪好意思给王五说。都是老伙计了，掏钱也是应该的。谁让他混得比别人好呢。

让张三想不到的是，王五听了张三的话也说有事脱不开，张三心里就有些不高兴了。怎么这么巧呢？不可能两个人都忙呀？张三又想，他们地多孩子多，事肯定多，哪能和自己一样呢。

张三就去找赵六、孙七，谁知他们都说有事脱不开身。张三就纳闷了，咋会这么巧呢？不会是他们商量好了的吧？不可能，之前张三也没说出去，他们并不知道呀。张三像霜打的茄子一样蔫蔫地回到了家，一屁股坐在沙发上，嘴里嘟囔着：“这点忙都不给帮，看来你们也只能在家里种地了。”

梅花说：“我说老伙计，是不是碰了一鼻子灰呀！我早就想到了，我没好意思给你说。这还用问吗，落地的凤凰不如鸡，虎落平川被犬欺。如今你退休了，没用处了，谁还买你的账？你说是不是？”

几天后，邻居石头家里来了客人了，石头就是一个平头百姓。听到门外有几个人在说话拉呱儿，张三就趴在墙头上往外看，张三看见李四王五赵六等人都嘻嘻哈哈地进了石头家。

几个小时后，客人回去。李四王五等人都红着脸剔着牙嘻嘻哈哈地出来了，看样子是吃好了喝好了，出来送客的。

看到这情景，张三的脸都气绿了：“哼，真是狗眼看人低！”

后来，张三还是忍不住问了一下石头，并把他找李四几个人来陪客的事说了。石头听了，问他：“你找人家来陪客，你说给人家工钱了吗？”

张三说：“给什么工钱呀？不就是过来吃吃饭，陪客人拉拉呱吗？”

石头说：“没说给工钱谁给你陪客呀。都啥年代了，人家打一天工干一天活都能挣二三百。陪客一天一人一百块的工钱还有人情哩，临走每人还得再给两包好烟。”

张三惊得张大了嘴。

最佳幸运奖

那天，我刚接班，进来一个小女孩，小女孩瘦瘦的，看上去最多十三四岁，一双水灵灵的大眼睛不错眼珠地看着我，小女孩说："大夫，我想给我奶奶镶牙，你能给我说说得多少钱吗？"

"你奶奶来了吗？"我问。

"来了大夫，她在外面呢。"小女孩说着出去把奶奶扶了进来。我有些疑惑，怎么能让一个小孩子带着老人来镶牙呢？小女孩家里的大人呢？

小女孩把她奶奶扶了进来，她奶奶也瘦瘦的，脸上一张皮，满脸的皱纹。

我帮小女孩的奶奶检查了一下，说："孩子，镶一口普通的牙，需要一千元左右。"

小女孩听了，眉头微微皱了一下，说："大夫，那我的钱还不够，只有六百八十一块。"

我才看到女孩的手中攥着一些零碎的钱，撸得很整齐。有一元的，有五元的，有十元的。

“玲子，奶奶都这把年纪了，不知道还能活几天，还镶啥呀？浪费那个钱干嘛，乖孩子，咱不镶了，咱回家。”奶奶说着拉着小女孩就要走。

小女孩转过脸来不好意思地对我说：“大夫，过几天我们再来，到那时候我的钱就够了。”

一天，我到楼下的垃圾箱里去送垃圾，看到一个小女孩在垃圾箱里翻捡着垃圾，小女孩把饮料瓶子一个一个地挑出来，放进手中的蛇皮袋里。一脸的汗水，褂子也被汗水湿透了。咦，这个小女孩怎么这么面熟呢？我一愣，这不就是那个要给奶奶镶牙的小女孩吗？

“孩子，是你爸爸妈妈让你出来捡垃圾的吗？”我问。

“不是，叔叔。”女孩显然也认出了我。这会儿她不叫我大夫了，可能是因为我此时不在医院里的缘故。

“我爸爸没了，妈妈改嫁了。”女孩低着头说，“我奶奶只有四颗牙，前几天下河给我洗衣服又摔掉了两颗，啥也嚼不动了。”

我的心一紧。这么多苦难一下子都降临在这个小女孩的身上，老天似乎有些太不公平了，难为这个孩子了。可以看得出，这是一个坚强的小女孩。

小女孩看着手中的蛇皮袋，很有信心地说：“叔叔，再过三天，我就差不多有一千块钱了，就能给我奶奶镶牙了。”

我说：“孩子，能告诉我你们家的电话号码吗？”

小女孩说：“叔叔，我家里没有电话，你就记我三娘家的电话吧，她会去叫我的。三娘说她的牙就是在你们仁和医院里镶的。

吃东西可管了，什么东西都能嚼得动。”小女孩把她三娘家的电话号码报给了我。

过了三天，那个小女孩还有她的奶奶真的来了。

小女孩扶着奶奶，奶奶走着还不停地絮叨着：“你说你这个孩子，奶奶都这个岁数了，还镶什么牙呀？瞎浪费钱。”

看到她们娘儿俩来了，我就过去扶着小女孩的奶奶，我说：“老人家，为了你的小孙女，你也得镶这个牙。你看你的小孙女多懂事呀！”

“这孩子，别看小，比大人都懂事呢。”老人叹了一口气，“这孩子命苦啊！”说着话，老人的眼泪又掉下来了。

我给老人办了手续，让老人躺在病床上，再把病床摇起来，让老人半躺着，开始给老人清理牙床，清理完毕，让老人咬牙印。

老人咬完牙印，我对小女孩说：“你们先回家吧，过两天再来，就可以镶牙了。”

小女孩说：“叔叔，为什么要过两天再来呢？现在不能镶吗？没事的，现在我的钱够了。”小女孩朝我扬了扬手中的钱。

我说：“孩子，咬完牙印，我们要拿着牙印去工厂里，工厂的工人师傅们才能照着牙印给你奶奶造牙。所以最快要等两天。”

“原来是这样啊。我还以为你们觉得我的钱不够呢。”小女孩忽闪着明亮的大眼睛说。

“哈哈，你想错了呀孩子。”

过了两天，小女孩带着她的奶奶来了。我顺利地给老人镶了牙。小女孩一个劲地谢我。我说：“你这孩子，真了不起！”

小女孩把她手中的一方便袋零钞放到我的手中，说：“叔叔，我的钱够吗，这是一千块。”

我说：“孩子，我忘了给你打电话了，你奶奶被抽中了我们医院里的最佳幸运患者奖，这回镶牙是全免费的。”

“太好了！谢谢你叔叔！谢谢你叔叔！”女孩给我深深地鞠了一躬。

小女孩和她的奶奶走了很远，还回头向我招手。

其实小女孩哪里知道，给她奶奶镶牙的钱是我刚领的工资。

你真是俺们的好乡长

听说乡长今天要来，大伙都高兴坏了。这些天乡长为咱们蔬菜基地可没少操了心。

记得刚开始建蔬菜基地的时候，开动员会，那天，乡长站在主席台上，挥着大手，一副很激动的样子，乡长说："乡亲们呢，我们建这个蔬菜基地，是为了让乡亲们富起来，用最快的速度富起来！大家说好不好？"乡长想，此时下面应该有热烈的掌声，乡长就停顿一下。可是大伙你看看我我看看你，大伙都悄悄地说，又来了一个放空炮的，又来了一个放响屁的。咱们在下边就不放空跑了，让他自己在主席台上放吧。大伙没有一个人鼓掌的。只有村委会几个人稀稀拉拉地呱唧了一阵子。

乡长好像一点也没当回事，继续讲话："乡亲们呢，以后我这个当乡长的要和乡亲们一起干，吃住都在蔬菜基地上，直到把基地建好为止！"本来这个地方该停顿一下的，下面应该有掌声，可是乡长没有停，他好像觉得刚才的掌声不够热烈，再停就没意义了。乡长继续说，"说一千道一万，不如亲自干一干。光放空炮没有用，空跑不能当钱花，也不能当饭吃。必须踏踏实实地去干……”

至于乡长在主席台上讲的啥，大伙谁都没在意，谁也不想听。这样的事大伙经得太多了，见得太多了。哪个领导不会喊口号？哪个领导不会吹牛皮？哪个领导不会演戏？没有人当真，当真也没有用。

没想到乡长讲完话，当天就在基地上住了下来。他亲自指挥，亲自动手，吃住都在基地，直到建好才回去。大伙就想，这个乡长真和别的官有点不一样呢。

后来蔬菜基地种上了菜，乡长还是隔三岔五地来。种子还行吧？出苗率怎么样？水土保湿得好不好？……乡长什么事都问，什么事都管，好像这蔬菜基地就是他家的。

蔬菜的苗子发黄了，乡长知道蔬菜缺什么肥。乡长就给我们联系了最高效的化肥，自己亲自开车，一车一车地把化肥送到蔬菜基地。

蔬菜生了虫子，乡长就亲自运来杀伤力最强的农药。

乡长说：“要合理地多施化肥，才能保证苗全苗旺，要合理地多喷农药，决不能让一个虫子来捣乱。才能保证今年的蔬菜大丰收，才能让城乡居民吃上新鲜蔬菜。”

如今蔬菜丰收了，乡长要亲自来看看。大伙儿能不高兴吗？

吃水怎能忘挖井人？大伙儿就想，拿什么给乡长，乡长最高兴呢？有人就说：“当然是咱们种出的新鲜蔬菜了。”大伙都说，对对对。咱们就拿出咱们最好的蔬菜给乡长，保准乡长最高兴。

老赵摘了几个最大的南瓜，他要当面送给乡长；老钱摘了一筐子豆角，他也准备送给乡长；老孙铲了几颗大白菜；老李摘了一筐子西红柿……大伙儿都摘了自己家最好的菜，要让乡长第一个尝尝鲜。

乡长开着车来了，乡长老远就看到大伙儿了，也看到了大伙儿身旁刚摘的蔬菜了。乡长的车刚停下来，大伙儿呼啦一下子就把车围了上来。没等大伙儿说话乡长就猜到大伙儿要干什么了，乡长下了车，给大伙儿抱抱拳，说："乡亲们呢，你们的心意我领了，我是乡长，帮大家是应该的。千万不要多想啊！"

大伙儿就说："乡长，我们没有多想，也没有别的意思。这是我们大伙儿的一点心意，乡长你一定得收下！"

乡长说："谢谢大家，我不能收，我不能带这个头啊。"

大伙儿说："乡长，我们又没送别的，这点蔬菜不算违规吧。"

乡长又抱抱拳，说："大伙儿的心意我领了，这些蔬菜我真的不能收！"

……

乡长还在推辞。大伙儿你看看我我看看你，忽然呼啦啦地一起给乡长跪下了："乡长你是俺们的好乡长，您的心时刻想着俺们菜民，您不收今天我们就不起来了！"

大伙儿都看着乡长，乡长的眼里有泪涌出来。大伙儿趁机把蔬菜给乡长装上了车。

……

乡长临走的时候，又向大伙儿抱抱拳："乡亲们呢，谢谢你们了！谢谢你们了！"

乡长的车子慢慢地开动了。大伙儿还跟着车子送乡长。乡长就从车里探出头，伸出手来，给大伙儿招手：“乡亲们，回去吧，回去吧！都回去吧！”大伙儿这才不送了。

乡长的小车开了一段路，就拐进了路旁的高家村，乡长把车子停下来，把车上的蔬菜一棵不剩地全都卸了下来，送给了村里的乡亲们。乡亲们见乡长亲自来给他们送菜，都激动地不行，这不是东西多少的问题，这是乡长的心意呀！千里送鹅毛，礼轻情意重。乡亲们千恩万谢：“乡长你真是俺们的好乡长！”“多年没见过这么好的官了！难得啊！”……乡亲们都激动地抹眼泪。

忽然乡长的手机响了，是乡小菜园管理员老李打来的。乡长压低声音说：“虫子再多也不能打农药，要用手去捉。要多施农家肥和大粪，没有，没有我们可以花高价去农户家里去买嘛。无论如何决不能施用化肥。这些菜不光我们乡领导每天要吃，上级领导来视察时也要吃。一定要做到绿色、无公害。种好了我给你加工资，出了问题我拿你是问。”

从北方升起的太阳

张老太偏瘫好几年了，她住在一处背阳的房子里。

透过房子的大玻璃窗，张老太天天看北边的阳光小区和阳光小区前边的小广场。以前，老头子活着的时候，都是老头子每天推着她去小广场晒太阳，天天晒得她浑身舒爽。那里有很多老人，老人们每天聚在一起说新闻，讲古今，说笑话，从国际大事到家长里短，一个说完了另一个又接上了，生怕接不上茬。那个热闹呀，别说有多开心了。不知不觉一天就过去了。

特别是那个乐天派老杨，讲个笑话能把人笑破了肚子。他是个肚子里有墨水的人，他上知天文下知地理，通古知今。世界上的事就没有他不知道的。他肚子里每天都有讲不完的故事，大伙儿都喜欢听老杨讲故事。听说他退休前是个机械工程师，搞了很多发明，还拿了很多大奖呢。

自从去年老头子去世以后，就没有人推着张老太去小广场上去晒太阳了。儿子儿媳妇每天都要准时按点上班，很忙。张老太每天吃完饭就一个人窝在屋里，看着对面那些老人每天在阳光里说说笑笑，张老太心里跟猫抓的一样。哎！完了，我这辈子怕是没有这个福分喽！

一天，老杨突然推开门进来了。看到老杨来，张老太很高兴，张了好几次嘴，想给老杨说话，就是没说出来。自从老头子走后，张老太就不会说话了。

老杨笑着对张老太说："我推你出去晒晒吧，大伙儿天天都念叨你呢。"张老太点点头。老杨又说："你天天窝在屋里，不去晒晒太阳，时间长了不好。要是再生出什么毛病来就麻烦了。"张老太又点点头。

老杨就推着张老太出了门，穿过门前的马路，就到了小广场了。大伙儿都和张老太打招呼，张老太就一个劲地给大伙儿点头，点头就算说话了。张老太又能在阳光里了，乐得张老太脸上整天挂着笑。后来，张老太慢慢地又能说话了，不过说不太清楚。大伙都说，这还真奇怪了，晒晒太阳还能治病，可见每天晒太阳有多重要了。

老杨每天都准时去推张老太出来晒太阳，有时老杨不得空，别的老人也去推。老杨不想让他们去，老杨比他们年轻些，他们都老胳膊老腿的，有的自己都顾不了自己了，万一滑着摔着什么的，不上算。

不知什么原因，这几天老杨一直没来。又过了几天，老杨还是没来。几个老人就轮流着去推张老太。把张老太推出来以后，大伙儿就开始议论起老杨来。老杨这个乐呵呵，大伙儿一天不见他，就像少了什么似的。这都好几天不见了，都把大伙儿给憋坏了。

大伙儿说，这个老杨也是的，有事也不打声招呼，打声招呼还能浪费你多少时间。省得大伙儿都念叨，都为你担心。

一天，一个老人又去推张老太时，正好碰见了老杨，老杨笑着说："再推一次，以后就不用天天去推了。"老杨的话老人听不懂。老人把张老太推到了小广场后，就把老杨的话原原本本地给大伙儿说了。大伙儿琢磨来琢磨去，也没琢磨出个所以然来。这个老杨说的什么话呢？什么"再推一次"，再推一次张老太就能自己走出来晒太阳吗？不可能的事。张老太是瘸子的腿——旧筋了（筋短，改不了了）。谁也没办法了。

这以后老杨好像很忙，见了面给大伙儿打声招呼就走，好像有什么急事要等着去做。大伙就疑惑，这个老杨又在捣鼓什么呢？他不可能又回去上班了呀？

那天早晨，张老太正在屋里坐着，忽见一道太阳光暖暖地射进屋里来，张老太的心一下子被照亮了。张老太忙手搭眼罩望过去，只见阳光小区三楼的阳台上有一个大太阳，正明晃晃地亮着。怪了，太阳咋从北边出来了呢？

张老太正愣着的时候，老杨笑着进来了。老杨对张老太说："往后你就不用天天出去晒太阳了，太阳每天都会准时从北边升起来。"

原来老杨这几天一直没有闲着，在搞他的发明呢。老杨用一面特制的大镜子，装上一个特制的系统，镜子就把太阳光反射进了张老太的屋里。这个镜子是活的，系统设计跟太阳同步。这样张老太在屋里一天就能晒到温暖的阳光了。

几天后，老杨突然死了，大伙才知道老杨得了癌症，已经到了晚期。老杨的真名叫杨光。

雪雕比赛

夜里不知什么时候，天悄悄地下了一场大雪。

清晨起来，大地白茫茫的一片，像盖了一床白色的棉被。学校大操场上，同学们在扫雪，有拿着扫帚的，有拿着铁锨的，扫的扫，铲的铲，大家你追我赶，干得热火朝天。雪被堆积起来，一堆一堆的，像一座座雪山。

班主任王老师说："同学们，现在我提一个建议，下面咱们举行一场雪雕比赛，大家说好不好？"

"好！好！——"同学们欢呼起来。听到大家欢呼起来，王老师也来了兴致："同学们，今天的雪雕比赛，大家可以充分发挥自己的想象力，尽情地去创意，尽情地去发挥，咱们看谁的雪雕作品做得又快又好又有意义！"

"耶！——"同学们欢叫着，一下子四散开来，个个生龙活虎。手里有工具的立马就开始干。手里没有工具的就剑一般地跑回教室里拿，有人拿了铅笔刀，有人拿了尺子，有的拿了三角板……反正能用的工具都拿来了。大操场上，一片繁忙的景象，一时间雪花飞溅。

一会儿,陈明气喘吁吁地跑过来,说:“报告老师,我做好了!”

王老师说:“好快呀!你是第一名。大家来看看陈明同学的雪雕作品。”大家呼啦一下子围了一圈儿。呀,陈明雕了一辆漂亮的白色小轿车,跟真的一模一样,车前车后的宝马标志格外扎眼儿,就连车牌号都清晰可见。

陈明昂着头说:“这是我家前几天刚买的宝马汽车!我爸说一百多万呢!我爸开着汽车去公司可气派啦!今天我爸开着汽车来送我上学呢,坐在里面可舒服了。”

王老师说:“好,陈明同学很有创意。”同学们不禁吐了吐舌头。这个陈明同学家里好有钱呀,汽车都是一百多万的!

“老师看我的!”张扬做了一个宽敞漂亮的外国大房子。张扬也昂着头说,“这是我家刚买的别墅!欧式的设计,我爸说一千多万呢。里面装修得富丽堂皇,跟皇宫一样漂亮呢!我爸说,古代的皇帝也没住过这样的房子。过几天我们就搬进去住了。”

王老师看了,笑了一下,说:“好,张扬同学也很有创意。”同学们不禁惊大了眼睛。这个张扬家更牛逼呀,房子都一千多万,真吓人呀!

“老师,我也做好了!”刘诗诗扬了扬她的喜鹊尾巴辫。她做了一个大大的立柜。

王老师看了一眼,笑着问:“刘诗诗同学,你怎么做了一个大衣柜呀?”

“这个衣柜好气派呀!”“能盛好多衣服呀!”大家都七嘴

八舌议论着。

“老师，这不是大衣柜，这是我家豪华的保险柜，里面都是存折和钱！”刘诗诗神采飞扬用手指了指保险柜上的密码锁，说，“这是密码锁，还是带指纹的呢！我爸说气死小偷也打不开呢。”

接下来，同学们都展示了自己的雪雕作品。真是五彩纷呈，各显神通，雕什么的都有。大家都使出了自己的浑身解数。

只有小雪同学的雪雕还没有做好。别的同学都做了一件雪雕，小雪同学却做了两件——她堆了两个大大的雪人，这两个雪人看上去和真人差不多大小。这时，她正在很仔细地给雪人画头发，画眉毛，画眼睛，画鼻子和嘴。等小雪同学画完，大家才分辨出来，原来这两个雪人一个是男的，一个是女的。男的戴着帽子，女的留着很时髦的烫发头。

王老师走过来说：“小雪同学好棒呀！”

“跟真人一样，这才叫艺术！”

“像艺术大师做出来的！”

“这是精品呀！小雪同学最棒！”同学们不住地赞叹着。

小雪好像没听见王老师和同学们的说话声一样。只见她最后拿起笔在戴帽子那个雪人上写了个“爸爸”，在围着围巾的那个雪人上写了个“妈妈”。写完字，小雪站到两个雪人中间，伸出两只冻得通红的小手紧紧地握住两个雪人的手，嘴唇哆嗦着，眼里汪满了泪。

王老师看呆了，同学们也看呆了。王老师一把把小雪搂在怀里，说：“孩子，从今以后你就叫我妈妈！好不好？”

小雪把头埋在王老师的怀里，嘤嘤地哭了。

三年前，也是一个大雪天，小雪的爸爸妈妈驾车出行时出了车祸……

同学们呼啦一下子围上来，把王老师和小雪紧紧地围起来，大家要把温暖送给小雪。

涛子的小三

涛子把一个漂亮姑娘带到家里来了，涛子大声对娘说：“娘，这是我新找的媳妇，是你的新儿媳。”

涛子娘一看，脸都气绿了，骂：“你这个熊孩子，你作什么死的？放着好好的日子不过，你拉枪宰牛呀！”

妈气得要去寻死觅活的，指着涛子额拉盖子大骂，“你不跟着好人学，你咋跟着那个不是人的学下流呢？……”涛子才不管娘的死活呢。他认准的事他就干。

涛子的妻子也在家里，涛子对妻子说：“咱俩散伙吧。”妻子看看涛子，又看看那个漂亮的小三，脸都气变了形，她嗓门如雷：“涛子你真有能耐啊！你敢明目张胆地把小三领家里来，你可不是一个简单的人物啊！你说散咱就散，谁怕谁呀！我就不信了，地球上三条腿的蛤蟆不好找，两条腿的男人我还找不到吗？哼！”说着提了包嘭的一声摔门回娘家去了。

左邻右舍一街两巷的人都出来看热闹。大家都说，这家人有热闹看了，老的不正当，小的也学着不正干。以后咱们就等着看他们家演戏吧。

涛子以前在他爸的工厂里上班，自从领了这个小三回来，就不上班了。涛子每天的活就是带着小三逛商场，泡舞厅，去得最多的是人间天堂小赌场，这个人间天堂小赌场离他爸的办公室很近。赌完涛子就领着小三去饭店里胡吃海喝。涛子觉得每天吃香的喝辣的，玩得舒服，还有小妞时时陪着，真开心。哈哈，这神仙一样的日子啊！还上什么班呀。这才叫生活，这才叫一个浪漫。涛子说："我爸是个大老板，有的是钱。该玩就玩，不玩白不玩。"

那天，涛子把钱输光了，又去饭店里喝得酩酊大醉，然后像武松一样，摇摇晃晃左脚打右脚醉醺醺地来到了爸的办公室，把手一伸，说："爸，给我点钱。我没钱了。"

"不是昨天刚给了你嘛，怎么花得这么快？你这样下去，我就是一棵摇钱树，也早晚会被你摇断了根呀！"涛子爸看看涛子身后打扮得妖艳的女孩，指着涛子说："你看你喝得这个熊样，还有点孩子样吗？"涛子嘿嘿地笑，晃晃手，"快给我钱。"

过了几天，涛子又喝得酩酊大醉，去了爸的办公室："爸，我没钱了，给……给我点钱……钱……"涛子爸看看涛子身后妖艳的女孩，话到嘴边又咽了回去。

后来涛子再去问他爸要钱时，爸就不给了。看着爸不给他钱了，涛子就跟他爸闹，闹也不给。涛子气极了，就问爸："你为什么不给我钱？"

"看你都成什么样了，再给你钱你就完了！"涛子爸有些歇斯底里了。

“怎么？看不惯了呀？我是跟着某些人学的！我觉得这才叫日子！”涛子一点也不留情。

“赶快给我滚蛋！我不想再看到你！”涛子爸把手一挥。

“可是我想天天看到你，因为你是我爸，你有钱呀！”涛子一句也不让。

忽然有一天，一个邻居来给涛子爸说：“涛子这孩子太不像话了，他不光弄了一个花里胡哨的小娘们天天领着玩，还把他住的房子给卖了，卖了房子钱拿着就去小赌场里去赌。还扬言说把钱花完再卖另一套房子呢。你赶快去管管他吧。”

涛子爸听了登时气得脸如猪肝：“小兔崽子，连房子都敢卖，反了！反了！看我回去不剥了他的皮！”涛子爸这回沉不住气了。

晚上，涛子爸回来了。他多天都不回来了。

涛子爸黑着脸找到涛子。涛子吓了一跳，心想，我这些天作了不少恶，等着挨揍吧。谁知涛子爸并没有揍涛子，而是坐下来，对涛子说：“儿子，爸确定上岸了，你也上来吧。咱不能越陷越深呀！”

涛子没想到，爸竟说出了这样的话。

涛子看着爸的脸，笑了，他故意装着听不懂，问道：“上岸？上什么岸呀？”

“你小子装什么装？是不是想挨揍呀？”

“上什么岸呀？我本来就没下水呀”涛子白了他爸一眼。

“小兔崽子，你骗谁呀你？老子亲眼看到的，你还不承认，看我……”

涛子笑着拍了一下手，说："演员们都出来吧。"涛子妈、涛子妻子还有小三都出来了。涛子的小三其实是妻子的同学。

涛子爸大惊，他之前养了一个小三，谁劝他都不听，这回涛子把他给拉上来了。

"谢谢你，儿子！"涛子爸握住了涛子的手。

给英雄搬家

英雄是打鬼子死的。英雄死后因为部队要急着去追击敌人，就留下几个兵急急地在河边的一块高地上挖了一个坑，把英雄埋了，又给英雄筑了一个坟。在坟上立了一个木牌，写上了英雄的名字。后来木牌又换成了石碑。每到清明节，附近学校里的老师都会组织学生，举着红旗，架着花圈来祭扫烈士墓。

贾皮乡新建一座水库，英雄的墓正在水库的库区。绝不能让英雄泡在水里，领导决定给英雄搬个新家，再建一个新的烈士陵园。

一天，在领导的带领下，一群工人来到了英雄的墓前，开始给英雄搬家。工人们先放倒英雄的墓碑，接着开始在英雄的墓周围慢慢地挖土。领导说："大家要格外小心，千万不要伤着英雄。"

正挖着，突然一个人停了下来，说："石头，挖到石头了。"

众人都围上来："看来是挖到英雄的墓了。"

"应该是石板，再挖挖看。"

"这里方圆几公里都是肥沃的沙土，根本没有石头。是英雄的墓板。”

有人说：“不对，我听老族长说过，英雄牺牲的时候，当时条件差，也是因为急，英雄没有墓，只盖了一张破席子，就埋了。更不会有石头墓板了。”

有人开玩笑说：“莫非我们挖到古墓了！”

“不可能，古墓哪有这么简单就能挖到的。”

“你也太小看古代人们的智商了，古人有这么傻吗？埋这么浅呀？”

“这也不好说，万一后人搞了个什么工程什么的，把表面的土层挖走了呢。”

……人多点子多。大家说啥的都有。

有人突然想起，前几年考古队真的来过。当时听考古队的人说，此地是古代的一个古国故城，就在方圆多少公里以内，就是不好找，考古队在这里安营扎寨折腾了多天也没找到什么。后来就草草地收兵回营了。说等到以后再来考察，到现在也没来。

几个人除掉石板上的泥土有了新发现：“快看，这块石板有边有棱的，一看就是用工具打过的，很光滑，很规则。”

“看，旁边还有石板呢。”

“莫非真是古墓？”大家七嘴八舌，“可能咱们挖到墓板了！”

领导高兴了：“我马上联系考古专家，让他们过来考察一下。咱们先停下。”

领导打了电话，没过多久，考古专家开着车来了。专家们下了车，有的手里还拿着仪器。

专家们下去仔细地看了看，拿铲子清理了一下，又拿仪器测了测，大喜：“太好了，太好了！你们无意中发现了古代的皇陵了！”

领导别提有多高兴了。接着考古队开进来，开始发掘。

有人问领导：“英雄的墓还弄不弄？”

领导说：“不急，英雄的墓可以先放放。发掘古墓英雄的墓不碍事。先拯救文物要紧。”不久一件件国宝重见天日了。此次考古发掘，填补了一个诸侯国的考古空白。

古墓发掘完了，有人又问：“英雄的墓还弄不弄？”

领导说：“ 英雄的墓不急，还要继续发掘故城遗址，发掘故城遗址是大事。一定不能耽搁。”

考古专家们已经确定，离古皇陵没有多远就是故城遗址。

故城遗址发掘完了，有人又问：“这回该给英雄搬家了吧。”

领导说：“给英雄搬家不急，上头已经开会研究决定，投巨资在水库岸边的风景区复原故城和古皇陵。一切都要按照当时发掘的原样打造，要原汁原味。立马启动这个工程。

三年后，金碧辉煌的故城和古色古香的古皇陵竣工了。马上就要举行剪彩仪式。

剪彩前，水库也已竣工，领导下令：开始蓄水！一声令下，小龙河的河坝被挖掘机挖开了，河水咆哮着进了水库。

古皇陵和故城剪彩仪式在水库大坝上举行。在锣鼓喧天中，领导开始剪彩，忽然一个人大喊：“领导，领导，不能蓄水，不能蓄水呀！”

领导一愣，停一下，问：“怎么了？”

那人说：“英雄的墓还在水库里呢！”

领导又是一愣，接着很惋惜地说：“怎么不早说呢？现在已经来不及了。”

后来，在古皇陵高墙外的一个小荒坡上，领导给英雄补建了一个陵园——一座墓，墓里埋着英雄的名字。一个墓碑，几棵青松。墓碑上写着英雄的名字，格外醒目。和古皇陵相比，英雄的烈士墓显得格外冷清。

清明节那天，水库岸边摆满了花圈，个个花圈上都写着英雄的名字。人们都向水库里敬礼。

◀九号餐厅

“小妹妹，看，好漂亮的棒棒糖啊，你想吃吗？”超市里的临时休息区，一个大女孩拿着一个漂亮的棒棒糖晃着，对一个自己玩着的小女孩小声说。

小女孩看着大女孩手中的棒棒糖，舔了一下舌头。

“来，姐姐给你。”小女孩颠颠地走过去，接过了大女孩手中的棒棒糖，放进嘴里甜甜地吃着。

大女孩说：“那边有好多好多的棒棒糖，姐姐带你去拿，好吗？”小女孩没说话，乐乐地跟着大女孩走了。旁边，小女孩的妈妈正在聚精会神地玩着手机，刷着视频。刚才发生的这一切她丝毫没有一点感觉。

哼，在我眼皮子底下，在大庭广众之下，这丫头竟敢如此大胆，拐骗小孩子拐骗到超市里来了。小小的年纪就不学好，长大了还不翻了天！一会儿我就让你知道我这个便衣保安的厉害！

我看着那个大女孩领着那个小女孩大摇大摆地到了超市的另一边，她把小女孩交给了两个男孩，我看到那两个男孩年龄也不大，他们应该是同伙。看来他们三个人分工不同，各干各的事。我敢肯定，这是一个有组织的犯罪团伙。年龄都不大，初生牛犊不怕虎，真大胆呀！难道他们不知道这是犯罪吗？

大女孩又出动了。这次她的目标是一个小男孩。那个小男孩的妈妈正站着专注地玩着手机，正在给谁打着视频，聊得火热呢。小男孩自己在一边玩着。大女孩先过去和小男孩玩，只玩了一会儿，大女孩就用同样的方法把那个小男孩给骗走了。小女孩的妈妈还在聚精会神地玩着手机，一点儿感觉也没有。

我真长见识了，这个大女孩骗走两个孩子没用十分钟。怪不得网上天天报道丢失孩子的新闻。人贩子无孔不钻，真是太可恨了，竟然利用孩子来骗孩子。这是一个新的拐骗术，令人意想不到。这些人贩子只要被抓住了，生吞活剥了也不解恨。

今天不管你骗子有多高明，撞到了我的枪口上，算你倒霉，就是插翅也难逃我的手心。我已经在超市里布下了天罗地网。我看下一步他们用什么方法把孩子带出超市。

过了一会儿，突然，超市广播里播出了一则认领启事："各位顾客请注意，各位顾客请注意，请看看谁丢失了孩子，请到九号餐厅来认领！请看看谁丢失了孩子，请到九号餐厅来认领！"

九号餐厅？不就是骗子放孩子的地方吗？难道骗子觉察到了自己被发现了，想装成好人？哼，做梦吧，捉贼捉赃，看我过去当面揭穿他们，人赃俱在，想抵赖，没门。然后我再报警。警察会顺着这条线，顺藤摸瓜，一抓一大串。大鱼小虾，一网拿下，谁也跑不掉。

九号餐厅里，两个丢失孩子的女人正在向三个骗子千恩万谢："谢谢你们！谢谢你们！"

我心里说，你们两个傻女人呀，你们被骗了呀！别看这几个人年龄小。可他们人小鬼大，还不知道骗了多少个无辜的孩子呢。他们的背后还不知道隐藏着多大的犯罪团伙呢。看我马上去揭穿她。

我正要上前去揭穿他们，不想那个骗子大女孩先说话了："两位阿姨，其实是我骗了你们的孩子。"

两个女人很惊奇，一听说是这个大女孩骗了他们的孩子，两个人立马站到了一起，组成了一条联合统一战线。

一个说："你为什么要骗我们的孩子，让我们受到如此大的惊吓？"

一个说："你要赔我们的精神损失费！"

一个说："我们也不要多，每人陪两万元！"

一个说："少一个子儿也不行。不然我们就报警！"

谁知，那个大女孩一点也不害怕，他笑着说："两位阿姨，你们今天受点惊吓倒无所谓，如果哪一天你们光玩手机了，孩子真的被骗子给骗走了，你们叫天天不应叫地地不灵，到那时候，你们找谁去要精神损失费呀？我就不明白了，难道玩手机就那么重要吗？"

两个女人听了大女孩的话，什么话也不说了，都低下了头。

大女孩又说："两位阿姨，各位叔叔阿姨们，这是我们在暑假期间搞的一次爱心公益提醒活动，目的是提醒那些痴迷手机的人，要看好自己的孩子！不要给犯罪分子留下犯罪的机会！”

这时，其中一个男孩站起来，他指着那个大女孩说：“就在一个月前，小娟同学的妈妈光顾着玩手机了，小娟的小妹妹被人贩子给骗走了，”

我看到，那个叫小娟的大女孩已经是满眼泪花。

“小娟，请原谅我们！谢谢你！谢谢你！”那两个女人紧紧地握着小娟的手。

我也走过去，对小娟和她的两位男同学说：“三位小同学，谢谢你们！谢谢你们！”

英雄进祠

对于宗氏家族，今天是一个特殊的日子。今天宗氏家族在宗氏祠堂召开家族会议，会议议程只有一个：商议关于救人英雄小六子的牌位能不能进祠堂的事。

气势恢宏的宗氏祠堂庄严肃穆，祠堂内供奉着宗氏族人的祖先牌位；历代宗氏族人中杰出的名人的牌位；还有宗氏族人为社会做出杰出贡献者的牌位等。

祠堂会议室里，老族长宗爷眉头拧成了疙瘩，他倒背着手来回踱着步子，两眼布满了血丝。

昨天夜里他一夜没合眼。先是大壮打开了电话，大壮是大老板，财大气粗。大壮说，宗爷，咱们家族这么多年才出了小六子这一个英雄人物，无论如何，一定要让小六子进咱们的宗氏祠堂。接着二奎打来了电话，二奎是乡长。二奎说，宗爷，咱们家族这么多年才出了小六子这一个英雄人物，无论如何，一定要让小六子进咱们的宗氏祠堂。挂了二奎的电话，村长也打来了电话，村长说，宗爷，你老要想开些，此一事，彼一事，建桥和救人不能归为一类。小六子救人是英雄壮举，进我们宗氏祠堂是应该的。

接连三个电话，折腾得宗爷一夜没合眼。让小六子进祠堂吧，愧对祖宗，他这个族长失职。不让小六子进祠堂吧，大伙都不同意。这可是个难题啊。

此时，会议已经进入了白热化，大伙的眼睛急得像要冒火，齐刷刷地看着宗爷："老族长！你就让小六子进来吧！"

此时，宗爷的心还在昔日的建桥工地上。

小六子通过送礼托关系，拿到了幸福桥的承包权……工人们正在从车上往下卸建材，小六子贼眉鼠眼地大声吆喝着："轻点，轻点，这他妈的都是上等材料，摔破了，损失了，你他妈的能赔得起吗？都他妈的给我小心点。弄坏了，我扣你们的工资。"

一包包一堆堆的各样材料运进了建桥工地。开工了，小六子倒背着手在工地上监工，看到谁干得不合他的心他开口就骂："能省就省，不要给老子浪费。浪费的都是老子的钱。"

看到谁不按他的要求干，他上去照腚就是一脚，边踢边骂："省着点用，这是上等材料，能用在这里吗？败家子！"

幸福桥竣工通车了。不久，桥身出现了多处裂缝。小六子就找自己最信任的人去维修，小六子叮嘱道："记住，千万不要说出去。"谁知，这个地方刚维修完了，别的地方又出现了裂缝。天天修也修不完了。小六子看着不断地出现的裂缝，眉头拧成了疙瘩。

突然一天，幸福桥轰隆一声倒塌了，桥上的行人和车都掉进了河里。这时，忽见一个人从桥北一纵身跃进河里，像一条鱼一样，向落水的人游过去，他先拽住一个女人，把她拖上了岸。接着他又游向了一个男人，他一把抓住那个男人的胳膊，把他拖上了岸……当他把第六个人送上岸的时候，他已经没有力气了。有人扔过来一根绳子，大喊："英雄，快抓住绳子！快抓住绳子！……"岸边还有人拿着手机在拍照。英雄苦笑了笑，无力地摆了摆手，说："不上了，上去我是囚徒，下去我是……"他笑着沉下水去。岸上人声杂乱，没有人听见他说的什么。

岸上的人都很惋惜。"他救的人太多了，英雄啊！"

"他太累了，连抓绳子的力气都没有了。"

……

一时间，县报、县电台、县电视台，市报、市电台、市电视台等各家媒体争着报道小六子勇救落水者的英雄事迹，小六子成了救人英雄。

……

祠堂里，宗爷冷着脸看着大伙："别听报纸电视瞎胡咧咧，他们知道个啥呀？任何有辱咱们宗氏门风的族人死后，牌位不得进祠堂，这是族规。幸福桥事件小六子是罪魁祸首，他偷工减料以次充好，弄了个豆腐渣工程，害民呀！他又当婊子又想立牌坊，可能吗？只要我这个族长还有一口气他就别想进祠堂！"

大伙看着宗爷铁青的脸："老族长！……"

这时村长进来了："宗爷，小六子给咱们村争光了呀！赶快准备一下，明天咱们要搞个隆重的欢迎仪式。"

宗爷问："什么？还搞啥欢迎仪式？"

村长说："县领导打电话亲自安排，要咱们明天迎接英雄小六子的牌位进祠堂，市委、县委的领导要亲自来参加呢！"

宗爷一听，呆愣了半天，没说一句话。

第三天，宗爷死在祠堂里。